熱《ねっ》砂《さ》の王《おう》と冷《つめ》たい月《つき》

愁堂れな
RENA SHUHDOH

イラスト
高階 佑
YUH TAKASHINA

Lovers Label

CONTENTS

✦本作品の内容は全てフィクションです。
実在の人物、団体、事件などにはいっさい関係ありません。

1

「佐伯《さえき》社長の紹介だから間違いはないと思うが、くれぐれも、くれぐれも失礼のないように、わかったね？」

先ほどからこの田中《たなか》という男は俺に向かってくどくどと、三十回は同じ言葉を繰り返している。さすがは一流商社の秘書部長、身につけているものはイタリアブランドの高級品だし、身のこなしは上品この上ない。とはいえ今彼がやっていることは女衒《ぜげん》と一緒じゃないかという反感がちらと俺の頭を掠《かす》めたが、当然顔に出すことはない。

「はい、わかりました」

「聞くところによると君は外国人ＶＩＰに顧客が多いそうだから、よもや失敗はすまいと思うが、それでも念のためね」

大人しく頷いた俺を前に、さすがに自分でもしつこいと自覚したのか、田中が少し照れた顔になる。彼が『聞いた』俺の評判は実は俺のものではなく、俺が名を騙《かた》っている別人のものなのだが、田中がそのことに気づくのは、すべてが終わったあとだろう。

奇《く》しくも源氏名が俺の名と同じ『ユウ』というその少年は、今頃は巨額の報酬を得てラスベガスあたりで遊んでいるはずだった。いや、林《はやし》は俺にそう言ってはいたが、実際はどこぞの黒社会のボスに、性奴隷として売り飛ばされているかもしれない。

　下手をしたらこの田中だって、俺の顔を見たという理由で消される可能性は大いにあるのだと思いながら俺は、時間を気にしてせかせかと歩く彼の顔をちらと見やった。

「ともかく、失礼だけはないように。相手は『国賓』だ。わかっていると思うがね」

　また同じ言葉を繰り返す田中に、さすがにしつこいな、と俺は眉を顰《ひそ》めかけた。

『わかっています』と一言くらい言い返したほうが逆に不自然ではないのでは、という考えが一瞬頭を過《よ》ぎるが、口論にでもなれば面倒だ。余計なことはしないに限ると「わかりました」と頷くに留め、あとは無言で早足で歩く田中のあとに続きエレベーターへと乗り込んだ。

　ロイヤルスイートのある最上階のフロアに降りるためには、エレベーターにカードキーを差し込まなければならないというセキュリティの高さである。一部屋一泊数十万するという最上階のフロアを、田中の社はその『国賓』の為に借り切ったとのことだった。

　いくら『国賓』だからといっても、商社が商売気抜きでそこまで散財するわけもなく、この『国賓』は総工費八十億もの淡水プラントの注文主なのだそうである。

　イドリース王というのがその『国賓』の名だった。アラブ某国の国王で、一昨日行われたアジアの某公国の王族の結婚式に出席したついでに、田中の社に招かれお忍びで来日したとのことだった。

石油で潤うアラブの国の王は桁外《けた》れの金持ちであり、八十億の淡水プラントは彼専用のゴルフ場を建設することを目的とし購入するのだそうだ。それだけ多額の商談相手なら、一泊数百万を使いホテルの最上階を借り切るのも当然なら、来日中の王の希望をすべからくかなえようとするというのも、また当然のことだった。

イドリース王の日本での滞在をこの上なく快適なものにするために、田中の社は王の所望するものすべてを与えようとした。

その王より今夜、『日本の美青年と親密な夜を過ごしたい』という希望が発せられたのに、売春の仲介などできないと断ることなく、手を尽くして彼らは高級男娼を抱えているクラブを探し出したのだった。

イドリース王は非常なる艶福家ということで有名だそうで、国には三人の妻がいる。どの妻も絶世の美女だそうだが、二十五年ほど前にハリウッドの人気女優を見初《みそ》めて三人目の妻にしたことは、未だに世界中の人々の記憶に残っていた。

還暦を越して随分になるというが、色事に関する衰えはないようで、その国その国の美しい若者と『親密な』夜を過ごすのを常としているらしい。若くて美しければ性別は問わないというバイセクシャルだが、本格的なＳＭなどの趣味は持たない——と調書には書かれていた。

先般来日したときに王が望んだのが男で、しかも献身的な男娼の行為をいたく気に入ったらしいという情報を得ていたために、今回もまた男娼を望むのではないかと林は予想を立てていた。勿論し損じることがないよう、あらゆる手配を怠らなかったとは思うが、実際に王が男娼を所望したときに俺に指令が下り、こうして俺は男娼になりすまして王のもとに向かおうとしていた。

失敗は決して許されない。指令は確実に果たさなければならない。

俺に与えられた指令は、イドリース王の暗殺――そう、俺はあるシンジケートに属する殺し屋なのだった。

一般市民にとっては殺し屋だのシンジケートだの、なんの冗談かと思われることだろう。だがアジア全圏に根を張り、政治の表舞台には決して現れることなく裏から世界を動かしているシンジケートは確かに存在するのである。

殺し屋もまた然り――綺麗ごとでは済まない交渉で相手に退いてもらうには、命を絶つしかないというケースはままあり、そういった場合俺たちが暗躍する。

組織は俺のような殺し屋を何名も抱えており、その都度最適と思われる人選をして指令を下す。今回俺に白羽の矢が立ったのは、イドリース王の命を奪うのに、彼が呼んだ男娼とすり替わり寝首を掻くのが最も成功率が高いと思われたためだった。

問題は王を殺害したあと、いかにしてホテルを抜け出すかだ、と俺がさりげなくエレベーター内を見回している間に、最上階に到着し、扉が開いた。

エレベーターの前には大柄で目つきの鋭い男が二名立っていて、田中と俺をじろりと睨み付けてきた。あまりの迫力に田中がしどろもどろになりつつも、自分の社名と名前、それに王の指示で俺を連れてきたということを英語で説明している。

男たちは王が自国から連れてきたSPと思われた。私設のSPが六名、お忍びとはいえ、日本の警視庁が手配したSPが十名という情報は既に入手しており、ホテル内でそれらしき男たちの姿も確認していた。

SPはインカムで室内へと連絡を取り、田中が嘘を言っていないことがわかって初めて入室を許可した。

「Thank you so much」

英語は堪能であるはずの田中が、たかだか礼を言うだけで声を震わせている。素人の彼にもわかるほどに、男たちの懐にはあきらかに銃の膨らみがあった。

だが彼らもさすがに王の寝室までは入って来ないはずだ。やはり問題は逃走経路か、と思いつつ俺は、田中がおどおどと室内に入ってゆくあとに続き、SPが開いたドアの中へと足を踏み入れた。

ロイヤルスイートの間取りも把握していたが、室内は俺の渡された図面とは随分違った。

本来応接セットなどが置かれているべき部屋には、家具らしい家具がなく、がらんとした室内には俺たちが入ってきた部屋以外にドアが二つあり、それぞれの前にSPが二人ずつ直立不動の姿勢で控えている。

そして部屋の真ん中には一人のアラブ服を身につけた男が立っていたのだが、彼の顔には見覚えがあった。

「初めまして。ミスター田中。この度はいろいろとありがとうございます」

流れるようなクイーンズイングリッシュに相応しく、アラブ服を身につけてはいても男の容姿は金髪碧眼と、アラブ人というよりは欧米人のように見えた。

「……あの……」

リサーチ不足といおうか、田中はこの男が誰だか把握していないようだ。まったく、日本企業の情報収集能力も程度が低いと心の中で肩を竦《すく》めた俺の前で、アラブ服の男はむっとするでもなく笑顔で名を告げた。

「これは名乗りもせず失礼した。私はナーヒド。ナーヒド・ビン・イドリース・ビン・バラカート・アール・ザーフィル。イドリース王の二番目の息子だ」

「こ、こちらこそ大変失礼しました。ナーヒド王子にはご機嫌麗しく……」

田中の顔に血が上り、英語がますます覚束なくなってゆく。

「お、王子がご同行なさっているということは我々も存じておったにもかかわらず、こ、このような失礼を……」

「そう恐縮せずともよい。私は顔がそれほど売れていないからな。わからなくても当然だろう」

ナーヒドはそう笑っていたが、色好みのイドリース王とハリウッド女優との間に生まれたこの王子が、母親譲りの非常なる美貌の持ち主であるということは、結構世の中に知れ渡っていた。

　輝くような金髪に青い瞳、すべらかな白い肌の持ち主である彼を、世界のメディアは『熱砂のプリンス』ともてはやしていた。アラブの民族衣装に身を包む美しい金髪、美しい青い瞳の彼が、名画『アラビアのロレンス』を彷彿《ほうふつ》とさせると書いた記事もあったように思う。

　母親譲りの美貌ではあったが、女性的な印象はない。ギリシャの彫像そのものの、神々しいまでの美しさといおうか、完璧な美の結晶とでもいおうか、ともかくここまで顔立ちの整った人間がこの世に存在していいのかと思わせるような美男子だった。

　顔が綺麗なだけでなく、このナーヒド王子は中身も随分と優秀だという話だった。まだ十代のうちにハーバードで博士号を取るほどの明晰《めいせき》な頭脳と、高い運動能力を持つ。特に馬術の腕はオリンピック選手をも凌《しの》ぐとの評判だった。

　まさに非の打ち所のないこの第二王子を、イドリース王はいたく気に入っているという噂で、外遊によく同道させているという。長男のスウード王子よりも優秀、かつ国民の人気も高いことから、そのうちに跡継ぎに指名するのではとも言われていた。

　その評判の王子とまさかこうして面談することになろうとは、と内心の驚きを隠しつつ俯いていた俺の前では、田中が大汗をかきながら言葉を繕《つくろ》っていた。

「い、いいえ、王子のご高名は私どももかねがね承っております。本当にとんだ失礼を申し上げまして……」

高名を承っていたのなら、金髪にアラブ服というこの珍しい姿を見れば誰とすぐわかりそうなものを、と心の中で呟いた俺の皮肉が聞こえたかのように、王子の視線が俺へと移った。

「挨拶はこのくらいにしよう。父が待っているからね。彼がそうなのか？」

「は、はい、さようでございます」

田中が慌てて頷いたあと、尚もくどくどと言い訳めいた賛辞を口にしようとするのを、ナーヒド王子がすっと右手を上げて制した。

「名前は？」

王子が真っ直ぐに俺を見据え、問いかけてくる。

「………」

鋭い眼光に一瞬怯《ひる》んでしまった。俺としたことが、と屈辱に唇を噛む俺の傍らで、田中が俺の代わりに名を告げた。

「源氏名を優《ゆう》と申す者です。身元につきましては私どもで充分確認を取っております」

「ユウか」

ご苦労、とナーヒド王子が田中の紹介の労をねぎらったあと、再び俺へと視線を向けてきたかと思うと、なんと彼は俺に向かいにっこりと微笑み挨拶をした。

「ナーヒドだ。よろしく頼む」

「ユウと申します」

王子が男娼に名乗った上で『よろしく』などと挨拶するとは、と驚いたのは俺だけではなく、田中もぽかんと口を開け、俺へとにこやかな笑みを向けてくるナーヒド王子を見つめていた。

「ユウと呼んでもかまわないだろうか」

「勿論です」

挨拶どころかナーヒド王子は俺に言葉をかけてきて、ますます俺を、そして田中を驚愕させていった。

「年齢は？」

「二十二歳になります」

俺の年齢は実は定かではない。幼い頃の記憶が飛んでいるためなのだが、それでも二十二ということはなく、二十七か八というところだった。

東洋人は若く見えるというが、俺もまたたいてい実年齢より随分若く見られた。二十二歳というのはすり替わった男娼の歳なのだが、余裕でその年齢に見えるという自信はあった。

「英語ができるのだね」

「言葉が通じましたほうがよろしいかと思いまして」

俺の代わりにまた田中が答えたのに、ナーヒド王子の視線が彼へと逸れた。

「少し彼と話をさせてもらえないだろうか」

「こ、これは失礼しました」

ナーヒドの口調は柔らかくはあったが、物言いは随分きっぱりとしていた。田中が恐縮のあまり飛び上がらんばかりになったあと、慌てたように深く頭を下げそれきり唇を引き結んで口を閉ざす。

田中のビビりようは、普段であれば俺を笑わせてくれたものだろうに、そのとき俺は緊張して笑うどころではなかった。

俺が緊張することなど――しかも仕事中に緊張することなど、今までに一度たりとてなかったと断言できる。まったくどうしたことかと俺は、自分が緊張を覚えていることに動揺してしまっていた。

己の緊張感に気づいたのは、ナーヒド王子の視線が田中へと逸れたその瞬間だった。ふっと身体から力が抜けた感覚に、王子の厳しい目にさらされていた間、自分が緊張を覚えていたということに初めて気づき、それで愕然としてしまったのだった。

「英語はどのくらい理解できるのかな？」

ナーヒドに改めて問いかけられ、ショックなど受けている場合ではないと俺は本来の『優』のプロフィールを思い起こしながら答え始めた。

「日常会話程度でしたら理解できますし、話すこともできます」

『優』は英語が堪能であるために、海外要人との『接待』にかり出されることが多いという話だった。だがまさか自分で『堪能』というわけにはいかないだろうと、そう答えた俺に、ナーヒド王子の問いは続いた。

「出身は？」

「東京です」

『優』のプロフィールは頭にたたき込んである。聞かれることはないだろうが、出身高校だろうが親兄弟の名前だろうが答えられた。どれほどの短時間であっても、組織の力を持ってすればこの程度のことは調べ上げることができるのである。さあ、なんでも聞くがいいと俺はナーヒド王子を見返したのだが、王子はそれ以上何も聞こうとせず、ただじっと俺の目を見つめてきた。

「…………」

澄んだ湖面を思わせる薄いブルーの瞳に惹き込まれそうになる。それほどに美しい瞳だった。意外に睫《まつげ》が長いな、などとくだらないことを考えることができたのは、彼の眼光が鋭くはなく、優しい光に満ちていたからだと思う。

だがさすがに五秒、十秒と無言で見つめられるうちに、居心地の悪さを感じ始めた。目を逸らしたいが、後ろ暗いところがあると思われるのは困る。しかし貴人にここまで見つめられ臆さない方が却って不自然だろうかと気づき俺が目を逸らしかけたそのとき、先に王子のブルーの瞳がすっと俺から逸らされ田中へと移っていった。

「ミスター田中、申し訳ないが別の者をお願いできないだろうか」

「え？」

思わず小さく声を漏らしてしまった俺の傍らで、田中が飛び上がったのがわかった。

「べ、別の者とおっしゃいますと、その……」

泡を食う田中に王子が冷静な声で命じるのを、俺は信じがたい思いで聞いていた。

「王の夜伽《よとぎ》の相手だよ。別の青年をチョイスしてもらいたい」

「この者ではお気に召さないとおっしゃるので……」

「ありていに言えばそうだ」

田中が確認を取ったのは、俺が——まあ、すり替わりはしたが——王のリクエストに一番適しているという店のチョイスの結果だと知っていたからだった。

さらりとした黒髪の、切れ長の瞳のいかにも日本風の美青年を王は所望したという。条件は充分満たしているはずなのだが、と思う俺の腋の下を冷たい汗が流れた。

まさかと思うが見破られたのだろうか——あり得ないとは思ったが、万が一ということもある。かつて本物の男娼『優』と面識があったとしたら偽物と見抜かれもしよう。

だが組織がそんな初歩的なミスを犯すとは思えない。優がイドリース王、もしくはこのナーヒド王子に一度でも会ったことがあるとしたら、俺とのすり替わりなど計画しないはずだった。

それなら一体なぜ——？　理由はわからないながらも、いつでも逃げ出す心構えはしておかなくては、と俺は素早く室内を見渡し逃走経路を探った。

身体検査があることを予測し、武器になりそうなものは一つとして身につけて来なかった。王の殺害方法は、行為の最中素手で絞め殺そうと思っていた。射撃やナイフの腕も一流であるという自負はあるが、柔術も得意である。体格差があるとはいえ六十五歳という年齢なら楽々落とすことができるだろうと判断し素手を選んだのだが、ナイフの一本くらいは身体に忍ばせておくべきだったかもしれない。

まあSPの銃を奪えばいい話だが、と入口に佇《たたず》む一人のSPに密かに狙いを定めていた俺の傍らで、田中が「少々お待ちください」と携帯電話を取り出し店にかけはじめた。

ものの数秒で話をつけた彼が電話を切り「別の少年が今、こちらへと向かっています」とナーヒドに向かい頭を下げる。

「ご苦労だった」

ナーヒドはそれは優雅に微笑むと、再び俺へと視線を戻した。

「案ずることはないよ。交代の者が来るからと言って君を追い返すつもりはないからね」

「……は？」

どういうことなのだ――？　交代させるということはすなわち俺には用がないという意味だろうに、返すつもりはないという。

ますますもってナーヒド王子の意図がわからないと戸惑いの声を上げた俺の横では、田中が同じように不審そうな顔で佇んでいた。

「ご退出いただいて結構だ」

王子は田中のことは『追い返す』つもりだったようで、淡々とそう言い、彼に向かって右手を差し出した。

「し、失礼いたします」

田中がその手を握り、恭《うやうや》しく頭を下げたあとドアへと向かってゆく。部屋を出るとき不安そうな顔で俺を振り返ったが、事情の説明を求めるにはナーヒド王子は彼にとっておそれ多すぎる相手のようだった。

後ろ髪を引かれているのがありありとわかる素振りで彼が出ていったあと、ナーヒドは改めて俺へと向き直り、輝くばかりの笑顔を向けてきた。

「さあ、寝室へ行こうか」

「え？」

またも俺の口から戸惑いの声が漏れる。話が違うじゃないか、と思う俺の心を読んだのか、ナーヒド王子はその美しい青い瞳を細めて微笑み、ゆっくりと歩み寄ってきた。

「君が向かうのは父の寝室ではない。僕の寝室だ」

「……それは……」

まさか、と思っているうちに王子の手が俺の背に回り、さあ、と一つの扉の方へと促される。

導かれるままに扉の中へと入るとそこはいわゆる『次の間』とも言うべき応接セットが置かれた広い部屋だった。俺の背に腕を回したナーヒドはそのまま部屋を突っ切り、正面の扉へと向かってゆく。

その扉の前にも一人のＳＰが立っており、ナーヒドが近づいてゆくと無言で頭を下げ扉を開いた。

「さあ」

ナーヒドに促されて入ったその部屋がどうも、彼の寝室であるらしかった。広々とした部屋の中央にはキングサイズのベッドが二つ並んでいる。

ここへ連れ込まれたということは、と思いながら傍らのナーヒドを見上げると、ナーヒドもまた俺を見下ろしにっこりと微笑んだ。

「君を父に抱かせるのが惜しくなった」

耳元で囁きかけてくるナーヒドの息は熱く、綺麗なブルーの瞳が欲情に潤んでいるのがわかる。

なんだ、そういうことか、と俺は心の中で一人安堵の息を吐いた。

偽者だとばれたわけでも、正体を怪しまれたわけでもなかった。単に俺はこのナーヒド王子に、必要以上に気に入られてしまったというだけのようである。

まったくもって迷惑なことだ、と思いながらも俺はこの先どうするかと頭を働かせていた。

目的の――暗殺のためなら男に抱かれることも厭《いと》わないというのは、俺の信条ではあるが、今回の場合はどうだろう。

話が違うと言い、部屋を辞すべきかという考えが頭を過ぎったが、今自分がターゲットのごく近くにいるという状況は、惜しいといえば惜しかった。

ナーヒドの申し出を受けたあと、ベッドインの最中彼を気絶させ、部屋を抜け出して王の寝室へと向かう――できないことはないなと一瞬のうちに判断を下した俺は、ナーヒド王子に向かい恭しく頭を下げた。

「光栄です。ナーヒド王子」

「それは了承と思っていいのかな」

ナーヒドの声が弾み、綺麗なその顔が一段と俺へと近づけられる。

「……はい」

作戦変更の際には連絡を入れるのがルールではあるが、通信手段を何一つ部屋に持ち込んでいないために不可能だった。

結果オーライだろう――咄嗟《とっき》の判断で作戦を立て直し、成功に導いた事例を俺は今までいくつも持っている。その自信がゴーサインを出させ、俺は王子の問いかけにこくりと首を縦に振っていた。

「よかった。王でなければ嫌だと突っぱねられるかと思ったよ」

ナーヒドの口調がより砕け、背に回った彼の手にぐっと力が込められる。アラブ服の胸に抱き寄せられたと同時に頬に手が伸びて上を向かされる、流れるような動作に、この王子、相当遊んでいるなと感心しながら、彼の腕に身を任せようとしたそのとき、

「失礼します」

高くノックの音が響いたのに、ナーヒド王子の動きがぴたりと止まった。

「入れ」

俺を胸に抱いたまま彼がドアへと声をかけると、そのドアが開き、SPの一人が中へと入ってきた。

「今、新しい少年が到着しました。ドアの外まで連れてきていますがお会いになりますか」

「ああ」

会う、と頷いた王子に俺は内心ぎょっとし、さりげなく彼のアラブ服へと顔を伏せた。

新たにやってきた男娼は、本物の『優』と同じ店に属している。もしかして『優』の顔を知っているかもしれないという可能性を考えた故の行動にナーヒド王子は敏感に気づき、俺の背を抱き締めると耳元に囁きかけてきた。

「同僚と顔を合わせるのが気まずいのかな？　可愛らしいね」

「……すみません」

ごくさりげなく動いたつもりであるのに、男娼に顔を見られたくないという意図を正確に読

まれ、らしくもなく俺は緊張を高まらせていた。

このナーヒド王子、もしやなかなかに侮れない相手かもしれない。単なる色事師で、こうした場面や男娼の心理に精通しているだけならいいが、と考えているうちにドアが開き、数名が入ってくる気配が伝わってきた。

「は、はじめまして」

声に緊張が滲んでいるこの男が新たに呼ばれた男娼だろう。少年ともいえる若さなのではないだろうか。背を向けていても気配で彼が、本物の男娼であることが俺にはわかったが、念のためと思いこっそりと背後を振り返る。

なかなか綺麗な少年だった。『国賓』の仰々しい警護に相当びびっているらしく、がたがたと身体を震わせている。やはり同業者ではなく本物の男娼だな、と判断し再びさりげなくナーヒド王子の胸に顔を伏せた俺の耳に、王子の優しげな声が響いてきた。

「ナーヒドだ。これから彼らがお前を王の寝室へと案内する。楽しい夜を過ごさせてやってほしい」

「か、かしこまりました」

この少年も英語を解するらしく、ナーヒドの言葉に戸惑うことなく綺麗な発音の英語で答えていた。ナーヒドに話しかけられ、心持ち彼の緊張が解《ほぐ》れているように感じる。

美貌の王子に見惚れ、緊張が緩和されたのかもしれないと思っていた俺だったが、続くナーヒドのSPに向けられた言葉に、まさか自分の緊張が高まることになろうとは予測していなかった。

「王の寝室の警護は、扉の外ではなく中で、できれば寝台の周囲で行うように。人数は四名。王の了解はとってある」

「な……っ」

少年が驚きの声を上げている。今のナーヒドの指示を聞けば、いくら貴人の前とはいえ、思わず大声を上げてしまうのも無理のない話といえた。

王の寝室に、しかもベッドの周囲に四人ものSPが立つというのである。いくら『仕事』とはいえ、行為の一部始終を四方から見守られるなど、普通に考えてはあり得ないことだった。

「あ、あの……」

高級男娼にも普通の感覚は備わっていたようで、慌てて問い返そうとするのに、ナーヒドが凛《りん》とした声で答える。

「申し訳ないが了承願いたい。王の身の安全を守るためには彼らの存在は必須なのだ」

「……は、はあ……」

さすがは一国の王子といおうか、口答えなどあり得ないといわんばかりの雰囲気に飲まれ、少年が黙った。

「それでは頼む」

ナーヒドの指示を受け、ＳＰが少年を部屋から連れ出してゆく気配が伝わってくる。

もしも計画通り俺が男娼として王の寝室に入れたとしても、周囲を四人のＳＰに囲まれていたというわけか、と俺は心の中で舌を巻いていた。

まったくなんという周到な警備かと思う。男娼とすり替わったのは寝室の中までＳＰが立ち入ることはあるまいという常識に鑑《かんが》みてのことだった。

否、組織がこの作戦を立てたということは、その『常識』の裏付けを取っていないわけがない。少なくとも今までは王の寝所には王とその夜のパートナー以外は足を踏み入れなかったに違いないのだ。

まさか王の暗殺計画が漏れているのか――？　真意を探ろうとナーヒドの顔を見上げた俺に、彼がにっこりと微笑みかけてくる。

「それでは我々も楽しい夜を過ごそう」

青い瞳は相変わらず真っ直ぐに俺へと注がれていた。美しき湖面を思わせるその瞳に俺の顔が映っている。真実を見通す力でもあるのかと馬鹿げたことを想像させるほどの澄んだ瞳を目の前に俺は、これから己の身を襲う思いもかけない出来事への予兆を感じていた。

2

「ユウ、おいで」

ナーヒドが俺の腕を引き、ベッドへとゆっくりと歩み寄る。有り難いことにナーヒド自身は、寝室からSPを追い出してくれた。

ナーヒドが俺をベッドの前に立たせ、にこ、と微笑みかけてくる。

「服を脱いで」

命令と言うには優しげな口調でそう言われたのに、「はい」と頷きながらも、どうしたものかと俺は一人考えを巡らせていた。

俺の計画としては、ナーヒド王子とベッドインしたのち、隙をついて彼を気絶させ、王の寝室へと向かうはずだった。

だがこの部屋の前にはSPが一名いる上に、王の寝室内には四名ものSPが控えているのである。彼ら全員の目をかいくぐり目的を達成することは――イドリース王を暗殺することは、非常に困難であるように思われた。

やはりここは出直すか――目の前にターゲットがいるとはいえ、無理は禁物である。成功率が著しく低いとなれば、作戦を立て直すほうがいいに決まっていた。

行為が済んだら何事もなかったように部屋を出ればいいだろう。しかし目的も果たせず、その上男に抱かれるというのは面白くない。まあ、この状況下、抱かれずにすませることはもうできそうにないが、などと俺は機械的に腕を動かし服を脱ぎ捨てていきながら、そんなことを考えていたのだが、そうだ、といい作戦を思いついた。

ナーヒドを人質に立てるというのはどうだろう。彼を盾にすればSPに撃たれることなく王の寝室へと向かうことができる。

問題は逃走経路だが、これもナーヒドを人質にとればある程度のところまでは逃げられるだろう。成功率は六割――否、七割といったところか。

リスクは高いが試してみる価値はある。林の期待にも応えられるだろうし、何より『抱かれ損』の憂き目に遭わずにすむ。

よし、と俺は心の中で一人頷くと、ナーヒドの隙をつくにはまず行為に熱中させることだと、手早く残っていた服を脱ぎ捨て、全裸になってナーヒドに向き直った。

「これは美しい」

ナーヒドが目を見開き、感嘆の声を上げる。

「ありがとうございます」

この手の賞賛の言葉は浴び慣れていた、などと言うと、自惚《うぬぼ》れが強いと呆れられるだろうが、この顔と身体も俺の武器の一つであり、『使い方』も充分心得ていた。

射撃やナイフ、それに柔術の能力が人に劣っているとは思わない。それだけに己の恵まれた容姿や体軀《たいく》を使うということを恥じるという概念が俺にはないのだった。

有効に使えるものを使わずにいる理由がない。合理的な考え方を好む俺らしいと林は笑っていたが、俺にその考えを植え付けたのは教育係である彼自身だった。

俺の身体をそういった目的に『使える』ように仕込んだのも彼だった。超がつくほど売れっ子だという男娼の『優』と同等の——否、それ以上の満足を、相手に与える自信はある。

必要とあらば天国を見せてもやるが、さて今回はどうしたものかと思いながら、両手を広げ俺を迎えようとしているナーヒド王子へと歩み寄り、彼の胸に身体を預けた。

「楽しい夜になりそうだ」

ナーヒド王子の上ずった声が耳元で響く。裸の下肢を擦り寄せたアラブ服の下で彼の雄は既に形を成していた。

もはや俺の手の中に落ちたも同然だ——心の中でほくそ笑み、くちづけをねだろうと顔を上げた俺の背を、ナーヒド王子がしっかりと抱き締める。

「楽しい夜をより楽しくするべく、ちょっとした趣向を凝らしたい。いいだろう?」

「……え?」

ナーヒドが青い瞳を細め、微笑みかけてくる。言われた言葉の意味がわからず問い返した俺は、続く彼の行動に驚きの声を上げていた。

「誰か、来てくれ」

「な？」

全裸の俺をしっかりと抱き締めたまま、ナーヒドが大きな声を上げる。何事だと俺が目を見開いている間に、バタンと大きな音を立ててドアが開き、外に控えていたＳＰが駆け込んできた。

「およびでしょうか。ナーヒド王子」

恭しげに頭を下げたＳＰが、じろりと俺を睨んだのがわかった。まさか正体を察したナーヒドが俺をＳＰに引き渡そうとしているのか、と今しも攻撃に転じようとしたとき、ナーヒドがＳＰに指示を出した。

「ちょっとしたゲームをしたくてね。悪いが君の手錠を貸してもらえないかな」

「手錠、ですか」

ＳＰが戸惑った声を上げる。戸惑っているのは俺も一緒だった。どうもナーヒドは俺をＳＰに引き渡すつもりではないようだ。だが手錠とは油断できないと思っていた俺の前で、ＳＰがポケットから手錠を取り出し恭しい仕草でナーヒドに捧げた。

「ありがとう」

ナーヒドが満足そうに微笑み頷いている。それでいて受け取る気配のない彼を、一体何を考えているのかと窺い見ようとした俺の耳に、まさに俺をぎょっとさせるナーヒドの言葉が響いた。

「手錠の輪の片方をベッドの支柱に、もう片方を彼の手に嵌《は》めてもらえるかな？」

「なんですって？」

まさかそのようなことを命じるとはと驚いた俺の前では、ＳＰがやはり驚いた顔になっていたが、命令を拒否するという選択肢は彼には与えられていないらしい。

「かしこまりました」

直立不動で礼をしたあと、ナーヒドに言われたとおりに手錠の片方を支柱に嵌めるべくベッドへと近づいていった。

「さあ、ユウ、おいで」

唖然としてその様を見ていた俺をナーヒドがその場で抱き上げる。

「あの、ナーヒド王子……」

ここは抵抗すべきか、それとも大人しく言われるがままに身を任せているべきか——迷った挙げ句に俺は、今暫く様子を見てみることにした。手錠から腕を抜くことなど俺にとっては容《た》易《やす》いことだったからである。

ベッドに寝かされた俺の腕をＳＰが取り、手首に手錠を嵌める。

「ご苦労。下がっていいぞ」

ナーヒドが満足そうに笑い、ＳＰを部屋から送り出す。

「失礼します」

「ああ、手錠の鍵をテーブルにおいていってくれ」

裸の男娼を手錠でベッドに繋がせるというインモラルな指示を出した相手だというのにＳＰは顔色一つ変えることなく、それどころかやたらと恭しい動作で頭を下げたあと、指示に従い手錠の鍵をサイドテーブルへと置いてから部屋を出ていった。

これでいよいよ、造作なく手錠を外せるようになった、と俺は、右手を伸ばせばラクに手が届くところにある手錠の鍵をちらと見やった。

「落ち着いているね」

ナーヒド王子がくすりと笑い、俺の顔を見下ろしてくる。

「い、いえ……」

首を横に振りながら、少しは怯えてみせるべきだったかと己のリアクションを反省した。が、経験豊富な高級男娼であれば、こういった特殊な行為にも慣れているだろうと、素早く思考を切り替える。

「世の中にはいろいろな客がいるだろうからね。このくらいでは驚くことはないのかな」

果たしてナーヒドは俺の望むとおりの解釈をしてくれ、おかげで俺は彼にそう思わせるよう誘導せずに済んだ。

「……お答えしかねます」

やれやれ、と心の中で肩を竦めつつも、イエスというニュアンスを込め首を横に振る。『高級』と言われるような男娼であれば、客のプライバシーの遵守を心がけぬわけがない。他の客の話題は御法度とばかりに口を閉ざした俺に、ナーヒドは満足そうに微笑むと、どさり、と俺を繋いだベッドに腰を下ろした。

「口の堅いところも理想的だ。ユウ、君は素晴らしいね」

「ありがとうございます」

あまりにも狙ったとおりのリアクションを、しかも誘導するより前にナーヒドが次々としてくることに、俺は一抹の不安を覚えた。

これではまるでナーヒドに先回りをされているようだ。偶然か、はたまた必然か——俺の正体に気づいているのではないかという緊張が肌の下に漲《みなぎ》ってくる。

「本当に君は素晴らしい。美しい君の身体が手錠に繋がれている様は、非常に扇情的でセクシーだ」

「……ありがとうございます」

だがその心配は、どうも杞憂であったようだ。俺に覆い被さりながら熱っぽくそう囁きかけてくる瞳が欲情に潤み、白皙《はくせき》の頬が紅潮しているその顔を見て俺は、彼が先回りをしているという読みは考えすぎだったと判断した。

「手錠に繋がれた君の美しい身体が、快楽に身悶え撓《しな》る姿を見てみたいと思ってね」

うっとりとした口調でそう告げ、俺の肩のあたりに顔を埋めてきたナーヒドはもしかしたら、多少の加虐の気を有しているのかもしれなかった。

というのも彼の父、イドリース王が、『SM』というほどのものではないが、相手に少々の無理を強いる行為を好むという話だったからだ。子供であるナーヒドにもその傾向があって不思議はない。

お遊び程度のSMならまあ、さしてダメージを受けることもないだろう。勿論あまり有り難い話ではないがと思いながらも、ナーヒドが喜ぶように、彼の唇が肌に触れたときにくすぐったそうに身を竦め、心持ち身体を捩《よじ》ってみせた。

「……いいね。実にセクシーだ」

くす、とナーヒドが微笑み、顔を上げる。掠れた彼の声こそセクシーだと心の中で肩を竦めながら俺は、今後の作戦を立てるべく頭をフル回転させていた。

ある程度行為が進んだところで、隙をついてナーヒドの意識を奪う。手錠を外したのちナーヒドを盾にし、王の部屋へと向かう。ナーヒドを気絶させたタイミングで、この部屋の前に控えているSPから銃を奪っておくか——今回、警護のSPの人数も多いし、やはり銃はあったほうがいいだろう。首尾よく王の命を奪ったあと逃走するのにも、銃があるに超したことはない。

それらのことを考えている時間はものの数秒だった。俺たちは常に一瞬の判断を要求される。ぼんやりと考えている暇などない。その間に確実に命が失われるからだ。

今回も俺の判断は『一瞬』のうちになされたものだった――はずだった。が、その『一瞬』の間に、自分が思いもかけない状況へと追いやられてしまっていたことに、次の瞬間俺は気づかされることとなった。

「ユウ、これがなんだかわかるかい？」

ナーヒドが俺の目の前に、きれいな瑠璃《るり》色のガラス瓶を示してみせる。彼がアラブ服の中から取り出したその、いかにも中東のものらしい瓶には何か液体が入っていた。

「いえ……なんでしょう？」

なんとなく嫌な予感を抱きながら俺は、相変わらず欲情に瞳を潤ませ微笑んでいるナーヒドを見返したのだが、返ってきた答えには思わず勘弁してくれ、と天を仰ぎそうになった。

「先頃入手した媚薬だ。いにしえより伝わるもので、天国を見せてくれるというのだが、中身は催淫剤の一種だそうだ。意識を飛ばすほどの快感を得られるらしい。どうだい？　使ってみないかい？」

「……あの……」

自白剤を始め、薬に対する耐性を養う訓練は受けてきたが、『いにしえの媚薬』などというものは当然ながら未経験である。どうせインチキに決まっているとは思うが、人体に害があるやもしれない薬を飲まされるのはできれば避けたい、と咄嗟に逃れる道を探そうとしたが、ナーヒドの動きは素早かった。

「なに、心配することはない。副作用などないものだ。数百年、数千年の間、我が国の恋人たちの閨《ねや》を情熱的に彩ってきた媚薬だよ」

「し、しかし……」

同じアジア圏とはいえ、アラブ人には適していても日本人の体質にはあわないかもしれないじゃないか、などという反論を試みるより前にナーヒド王子は素早く身体を起こすと俺の胴に腕を回し、仰向けに寝かされていた身体をうつ伏せにひっくり返した。

「……っ」

手錠で支柱に繋がれた腕が引っ張られ、俺の意識が一瞬そちらへと逸れる。その隙に——というわけでもないだろうが、ナーヒドはほとんどついていない俺の尻の肉を摑むと、露《あら》わにされた後孔に向かい瑠璃色の瓶を傾けた。

「あっ……」

いつの間にか蓋《ふた》を取られていた華奢な瓶の口から、たらたらと液体が流れ落ちる。天井の灯りを受けてその液体が煌《きら》めき落ちてゆく様が、肩越しに振り返った俺の目に映っていたが、その液体が身体に——後孔に触れた瞬間、俺の思考は途絶えた。

「熱い……っ」

やけつくような熱さと共に、じんじんとした痺れと、ひりつく痛みが一気にそこへと押し寄せてくる。ナーヒドがさらに俺の後ろを押し広げたのに、垂らされた液体が内壁に染み入り奥まで到達するにつれ、熱も痺れも痛みも一気に奥まで押し寄せてきて、俺に悲鳴を上げさせた。

「熱い……っ……ああっ……熱いっ……」

やかましいほどに叫ぶ声が自分のものであるという自覚はすでになかった。火傷しそうな熱から、おさまらない痺れから、痒みと痛みの中間のようなひりつきから解放されたくて俺は、シーツの上でのたうちまくった。

「刺激が強すぎたのだろうか」

頭の上でナーヒドの、動揺の滲む声が響く。

「ユウ、大丈夫か」

暴れる俺の身体を押さえつけ、ナーヒドが問いかけているのがわかったが、答えを返す余裕は心からも身体からも失われていた。

苦痛——というのとはまた違った、不思議な感覚だった。今の身体の状態を言葉で表すとするのなら、『やるせない』『もどかしい』——俺自身が滅多に抱くことのない感情を今、俺の身体が抱いていた。

何かが欲しくてたまらない、そんな感じだった。強烈な欠乏感が俺の身体を襲っていたが、一体何を欲しているのかは俺自身わかっていなかった。

「あっ……熱っ……あっ……あっ……」

ナーヒドの手を払いのけ、悲鳴を上げながらベッドの上でのたうちまくっていた俺は、再びナーヒドに強引に、うつ伏せにさせられた身体をシーツの上に押しつけられてしまった。

「離せ……っ」

貴人相手ということは俺の頭から飛んでいた。体重で俺を押さえ込もうとするナーヒドから逃れようと、手足をばたつかせ必死で暴れまくった。

「解放してやりたいが、さてどうしたものか」

ぼそりと呟くナーヒドの声が響いたと同時に、尻の割れ目にぬるりとした感触を得る。

「あ……っ」

と、それまで熱く疼《うず》いていた俺の後ろがその感触に、どうしてしまったのかというほどに激しく収縮し、我を忘れていたはずの俺に戸惑いの声を上げさせた。

「……やはり鎮めるにはこれがもっとも有効なやり方のようだな」

納得したようなナーヒドの声が背後で響く。彼が何を言っているのか、ほとんど思考力の働いていない頭では理解することができず、声に誘われるままに肩越しに彼を振り返った俺の目に、アラブ服の前を開き猛る雄を今まさに俺へと突き立てようとするナーヒドの姿が飛び込んできた。

「あ……っ……」

太く逞《たくま》しい雄が、ずぶずぶと俺の中へと挿ってくる。かさのはった部分が内壁を擦り上げてゆくにつれ、熱し、痺れていた俺の後ろはあたかも待ちわびていたものを得たとばかりに激しく蠢《うごめ》き、ナーヒドの雄を締め上げた。

「キツいぞ。そう締め付けるな」

ナーヒドが苦笑し、パシっと俺の尻を軽く叩いたあと、一気に腰を進めてくる。息が詰まるほどに奥まで貫かれ、堪らず俺が背を仰《の》け反《ぞ》らせた次の瞬間、激しい突き上げが始まった。

「あっ……はぁっ……あっ……」

亀頭が内壁を擦り上げ、擦り下ろす刺激が、俺の身体が感じていた『やるせなさ』『もどかしさ』を吹き飛ばしてくれていた。摩擦熱のせいで俺の中は更に熱くなっているはずなのに、熱で熱を相殺したのか、あれだけ俺を苦しめた熱や痺れは今は失せ、あらたな感覚が俺の後ろを、そして全身を覆っていた。

「あっ……あぁっ……あっあっあっ」

新たな感覚――それは、ありていに言えば『快感』だった。今挿入されたばかりだというのに、これまで体感したことがないほど、俺は感じまくってしまっていた。

俺の快感の大きさは、俺の股間であっという間に勃ち上がり、先走りの液を滴らせている雄が物語っていた。今にも達してしまいそうなそれを、後ろから伸びてきたナーヒドの繊細な指が握り、軽く扱《しご》き上げる。

「あぁっ」

たったそれだけの刺激に俺は達し、白濁した液をこれでもかというほどに飛ばしてしまったのだが、達して尚その硬度も熱も少しの衰えも見せなかった。

「……これはいい」

肩越しに俺の身体を覗き込み、それを察したらしいナーヒドが耳元で楽しげな含み笑いを漏らしている。

「いくらでも精を吐き出すがいい。つきあえるところまでつきあうよ」

そう言い、ぐっと突き上げてきた彼の雄も硬度を未だ保っていた。

「あっ……」

その動きに俺の後ろは早くも反応し、きゅっと締まって彼の雄を締め上げた。ふふ、とまた満足げな笑いが耳元で響いたそのあとに、力強い突き上げが再開される。

「あっ……はぁっ……あっあっあっ」

高い嬌声がこれでもかというほど響いていたが、それが己の声だと認識することができないほどの快楽の波に攫《さら》われる俺の脳は、あたかもマグマのように熱く滾《たぎ》り、思考の全てが失われてしまっていた。

「あぁっ……あっあっあっあっ」

互いの下肢がぶつかり合うときにパンパンという高い音が響くほど、激しく突き上げてくるナーヒドの動きに、俺の雄からまた、どくどくと白濁した液が零れ落ちる。

どれほど精を吐き出そうとも、少しも衰えない己の雄を、ナーヒドの手が握りしめ扱き上げる。

「あぁっ」

快感が次々と押し寄せ、俺に高い声を上げさせる。尽きることのない快楽に頭も身体も痺れ、今にも俺は気を失いそうになっていた。

苦痛からはほど遠い悦楽の継続の合間合間に、ふと我に返る瞬間がある。一体俺は何をしているのだと己の行動を振り返ろうとするときにはまた、俺の意識は快楽に塗《まみ》れ獣のように喘ぎ、悶えることしかできない状態に陥った。

「あぁっ……もうっ……もうっ……っ」

延々と続く絶頂感に、頭も身体もおかしくなってしまいそうだった。助けてくれ、とやみくもに振り回した手をしっかりと握られ、胸へと押し当てられる。

「やぁっ……」

そうして俺の腕ごと身体を抱き締めたナーヒドが、ぐっと腰を突き出し俺の中で達した。直腸に迸《ほとばし》る精液の力強さが、俺の胸に充足感としかいいようのない熱い想いを与えてくれる。

「あぁ……」

ナーヒドのもう片方の手が握りしめていた、何度と数え切れないほどに達した俺の雄からも、精液が滴り落ちていた。ようやく熱を放出し始めた雄がナーヒドの繊細な手の中で、どくん、と脈打ち存在感を主張する。

「まだまだ、というわけか」

心持ち息を切らせたナーヒドが俺の耳元にそう囁いた次の瞬間、彼の手がやっと硬度を失い始めた俺の雄を勢いよく扱き上げた。

「やめ……っ……あっ……」

引きかけた快楽の波がまた一気に押し寄せ、俺の身体をあっという間に火傷しそうなほどに熱してゆく。

再び滾るような快楽へと落とし込まれた俺の意識は朦朧《もうろう》とし、喘ぎすぎた声は掠れ、自らの意志では身体を動かすこともかなわないような状態に陥ってしまっていた。

迸る汗が全身を覆っていたが、その汗が身体を冷やす間もないほどの熱が汗を水蒸気へと変えてゆく。

「もう……っ……もうっ……あぁっ……」

何度となく許しを請うた気がするが、記憶は定かではない。いつの間に復活したのか再び激しく突き上げてくるナーヒドの律動に身悶え、涸《か》れた声で高く喘ぎ続けていた俺は、延々と続く絶頂の最中、ついに耐えられずに意識を飛ばしてしまったようだった。

夢を見ていた。

俺は殆ど夢を見ることがない。たまに見た場合でも、常に夢だということをはっきりと認識できた。

子供の頃からそうだった。多分人と比べて情緒に欠けているのだろう。

なので今夜も俺は自分が夢を見ていると自覚しながら、夢の中の風景を見つめていた。

それは今まで数え切れないくらいに見た夢だった。かつて体験した現実の出来事を俺は何度となく夢に見ていたのだ。

雑踏の中、幼い俺が一人でぽつんと佇んでいる。場所は新宿あたりの風景に似ているが、それは長じてから見知った風景を夢の背景として当てはめたものかもしれない。

当時の俺は、記憶がぎりぎりあるかないかという年齢だった。二歳か三歳か、四つにはなってなかったと思う。

直前まで俺は、誰かの手を——おそらくは母親の手を握っていたはずなのに、いつの間にか雑踏の中、ひとりぼっちになっていた。前へ進めばいいのか、それとも後ろを振り返り来た道を戻るべきなのか、自分では判断がつかずぼんやりと俺はその場に立ち尽くしていた。

『戻る』などと言いはしたが、実際自分がどの方向から来て、どの方向へと進もうとしているかさえも、まるでわからなくなっていた。夢の中の俺は、生まれて初めて体感する『雑踏』にすっかり気を呑まれてしまい、わけがわからなくなっていた。

そこで俺は誰かの名を叫ぼうとする。いや、固有名詞ではなく、『お父さん』『お母さん』などの呼びかけだったかもしれない。

『不安』などという難しい言葉は知らなかったが、恐ろしい、怖い、という概念はいくら幼いとはいえ人並みに備わっていた俺は、今にも泣きそうになっていた。

この世の中で、俺はたったひとりぼっちになってしまった──募る不安がそう思わせたのか、はたまた何か外的要因がその考えに至らしめたのか。そのあたりのことはよく覚えていない。

覚えているのはただ、その『ひとりぼっちだ』という概念がまるで天の啓示のように頭に閃《ひらめ》いたその瞬間のみで、まるで雷に打たれたかのような衝撃に倒れそうになるのを、幼い俺は二本の足を必死で踏みしめその場で佇んでいた。

この世の中に俺を知る者は誰もいない。俺が知る者も誰もいない──目の前に突きつけられた事実に俺はまたも泣き出しそうになっていた。

俺を知る者も、俺が知る者も誰もいないという俺は、果たして本当にこの世に存在しているのだろうか──二、三歳の子供の考えることではないと人は笑うかもしれない。長じてから記憶を改竄《かいざん》したのを覚えていないだけだという分析は正解かもしれない。

だがあのとき幼い俺の頭には、確かにその思いが浮かんだのだ。

雑踏の中で、己の存在の有無を疑ったその瞬間、俺は自分の名も住んでいた場所も、父の名も母の名も、もしも存在したとしたら兄弟姉妹の名も、何もかもを――俺という人間が確かに存在したと世に知らしめる、すべての記憶を失ってしまったのだった。

「……ん……」

綿のように疲れているという慣用句が頭に浮かぶほど、身体が重い。腕を上げるどころか、寝返りを打つのさえ億劫《おっくう》だ。ここまで疲れるような何をしたのだったかと薄く目を開いた俺は、カーテンの隙間から差し込む陽光にぎょっとし一気に覚醒した。

「…………」

起き上がろうとするより前に、左手が手錠で繋がれたままになっていることに気づく。なんてことだと俺は舌打ちすると、なんとか寝返りを打ってサイドテーブルの方を向き、自由な右手でその上にある鍵をとった。

がちゃ、と外れた手錠がベッドの支柱にぶつかり金属音を立てる。やれやれ、とようやく自由を取り戻した身体を起こそうとしたのだが、全身が――特に下半身がだるくて身体が沈み込みそうなマットレスの上で起き上がるのには非常に困難を要した。

酷い目に遭ったものだ——昨夜の出来事が怒濤《どとう》のように俺の頭に蘇《よみがえ》る。隙をついてナーヒドを倒すどころか、意識を飛ばしてしまうほどに喘ぎまくり、いきまくったなど、ありえないことだ、と俺は暴れすぎたおかげですっかり手錠の痕がついてしまった手首をさすりながら唇を嚙んだ。

プライドをズタボロにされた気分だった。いくら怪しげな薬を使われたとはいえ、昨夜のあれは醜態以外の何ものでもない。組織に——林に知れたらあっという間に数階級ランクを落とされるだろうと思うと、なんとしてでもこの場に留まりイドリース王の命を奪わねばという気持ちになってくる。

それにしても今は何時なのだと、時計を求め周囲を見回したそのとき、突然部屋の扉が開いたのに、俺はぎょっとし思わず身構えてしまった。

「ああ、目が覚めたのか」

ノックもなしに部屋に入ってきたのは、俺にこの上ない屈辱を与えた男、ナーヒド王子だった。

「あの……」

普段の俺であれば誰かが部屋の外に立った時点で気配を感じるはずだった。未だに例の薬で神経がいかれてるのか、はたまたナーヒドが気配を殺していたのか、どちらなのだろうと内心緊張しながら俺は彼の出方を窺っていた。

「おはよう。よく眠れたかな？」

緊張する俺とは裏腹に、いかにもリラックスした様子のナーヒドが俺へと歩み寄り顔を覗き込んでくる。

「体調は悪くないかい？　食事がとれるようなら朝食を用意させるが」

「いえ、それは……」

結構です、と遠慮し首を横に振ろうとした俺の頬に、ナーヒドの手が伸びてくる。反射的に身構えてしまったのは、危害を加えられるより前に攻撃に転じなくてはと思ったからなのだが、ナーヒドからは少しの敵意も感じられなかった。

「遠慮することはない。起きるのが辛ければまだ寝ているがいいよ」

ナーヒドの指先が俺の頬を撫でる。繊細な彼の指の意外な冷たさに、ぴくりと頬が痙攣《けいれん》した。

「どうする？　寝ているかい？　それとも食事を取るかい？」

微かな震えを押さえ込もうとでもするかのように、今度彼は俺の頬を掌全体で覆った。

「………」

彼の掌もまた、思いの外冷たかった。手の冷たい人間は心が温かいという――迷信だか通説だかわからないそんな馬鹿げた言葉が俺の頭に浮かぶ。

俺の頬を包むひんやりとした彼の掌の感触に、どこか懐かしいような思いが去来する。一体この感情はなんなのだと密かに首を傾げている間に彼の手は引いてゆき、代わりに目を見張るほどの美貌がすぐ目の前まで近づいてきた。

「黙っていてはわからない。君の希望を聞かせてもらえないかな」

「……大変失礼しました。体調は大丈夫ですが、食事などご用意いただくわけには参りません」

男娼とはいえ、『優』はいわゆる政財界の要人ご用達であるから、それなりに礼儀作法は叩き込まれているという話だった。なので俺も『それなり』のリアクションをしたのだが、ナーヒドは俺の返事を聞き驚きに目を見開いた。

「なんと礼儀正しいことだ。加えてなんたる慎み深さだ。気に入った。非常に気に入ったよ」

感嘆の声を上げながら、俺に覆い被さり、こめかみに唇を押し当てる。

「おそれ入ります」

展開が読めないと俺は内心戸惑いながらも、『礼儀正しく』そして『加えて慎み深く』礼を言い、頭を下げた。

「その上君は随分と英語が堪能と見える。素晴らしい。実に素晴らしいね」

ナーヒドの俺への賛辞が続く。一体どういうつもりなのだと思いながらも、再び礼を言おうと頭を下げかけた俺の耳に、思いもかけないナーヒドの言葉が響いてきた。

「君、ユウといったね。昨夜《ゆうべ》一夜という約束だったが、どうだろう、しばらくの間、君を貸し切ることはできないかな」

「え？」

素で驚き、思わず顔を上げてしまった俺の目の前に、青い瞳を煌めかせている麗しいナーヒドの顔があった。

「あと、そうだな、二日か三日、僕に付き合ってもらうことは可能だろうか？」

見惚れるような笑みを浮かべ、ナーヒドが俺の顔を覗き込み問いかけてくる。

予想外の展開にらしくもなく唖然としてしまいながら俺は、夜空に輝く幾億の星により勝る美しさを湛《たた》える彼の瞳の光を見つめていた。

3

三十分後に百貨店の外商が来るとのことで、それまでに身支度を調えよと言われた俺は、汗と精液に塗れた身体をシャワーで洗い流しながら、先ほど寝室で聞いたばかりのナーヒドの思いもかけない申し出を思い起こしていた。

「実は今日は午後から京都に行く予定なんだ。父が『置屋遊び』というのをしたいということでね」

勿論、寺社仏閣も観たがっているんだが、とナーヒドは苦笑し、話を続けた。

「一応、藤菱《ふじびし》商事がアテンドについてくれるというのだが、我々をピックアップしに空港へと出向いた通訳に父は不満を持っていてね」

「……はあ……」

秘書部長の田中があれだけ『国賓、国賓』と持ち上げていたことからしても、彼らが一流の通訳を用意したであろうことは推察できる。まあ一流とはいえ、必ずしも気に入られるとは限らないのだろうが、と思いながら頷いた俺に、ナーヒドは「そこでだ」と身を乗り出してきた。

「どうだろう、君は英語も堪能だし、京都観光中の通訳を依頼したいのだけれど」

その瞬間俺の頭に『渡りに船』という言葉が浮かんだ。俺にとってこうも都合よく話が転がってきていいものかという疑念さえ生まれるほどの好展開である。

「かしこまりました。ただ、事務所に聞いてみませんと」

飛びつきたい話ではあったが、好都合すぎる気もして、一旦組織に確認を取ろうと俺はそう言い、ナーヒドの前で恭しく頭を下げた。

「わかった。万が一にも許可が得られないとなった場合には、僕が直接交渉するから」

そう言ったきりナーヒドは口を閉ざし、俺をじっと見据えてきた。今、この場で電話をしろという意味かと俺は察し、「失礼します」と彼に声をかけたあと、床に落とした服を取り上げ、ポケットから携帯を取り出した。

俺が電話をかけた先は、俺をここへと派遣した男娼クラブだった。組織の人間がそこで俺からの報告を受けるべく待機しているのだ。

「もしもし、ユウですが」

ワンコールで出た相手に名乗ると、電話越しに聞き覚えのある声が響いてきた。

『お疲れ様です。昨夜は宿泊の予定ではなかったと思いますが、どうしましたか』

丁寧かつ静かな低い声の持ち主は、林だと思われた。まさか彼が出張ってくるとは、と動揺したあまり俺の声は必要以上に掠れてしまった。

「大変申し訳ありません。事情は後ほど説明します。実はナーヒド王子より今日から三日間、京都に同行してほしいという要請があったのですが」

『京都？』

電話の向こうで林がらしくもなく驚いた声を上げる。

「はい、通訳を務めてほしいとのことです」

『……それはまた、急な話ですね。どういった事情なのです？』

林はそう唸《うな》ったが、俺が何も答えないでいるとすぐに『わかりました』と返事をし、言葉を続けた。

『せっかくのお声がかりです。くれぐれも粗相《そそう》のないよう心がけてください。費用面等についてはまた、クライアントと摺り合わせをしますので』

林は俺が彼の問いに答えなかったことで、周囲に人がいると察したらしい。誰に聞かれてもいいような言葉を選んで俺に、計画を続行するようにという指示を伝えた。

だが彼もまさかその『人』がナーヒド王子本人とは思うまいが、と思いながら俺は「わかりました」と短く答え電話を切った。

「了解してもらえたようだね」

携帯を閉じた途端にナーヒドが、にっこりと微笑みかけてくる。まさかと思うが彼は日本語を解するのだろうか、と俺はナーヒド王子のプロフィールをざっと思い浮かべた。

イドリース王のプロフィール、主に嗜好や行動パターンなどは、おそらくパーフェクトといっていいほど頭に叩き込んであったが、同行したこの第二王子に関しては基本的なことしか抑えていない。

確か数カ国語を話すということだったが、その中には日本語も含まれるのだろうか。いや、もしそうだとしたら敢えて通訳など頼まないだろうし、と考えを巡らせていることを知ってか知らずか、ナーヒドは俺にこれから俺のために百貨店の外商を呼ぶからシャワーを浴びるようにと勧め、彼の言うとおり俺はシャワールームへと向かったのだった。

シャワーを浴び終えたあと、それにしても、とバスルームの鏡の前で濡れた髪を拭いながら、俺は改めて今回の思わぬ京都行きを考え始めた。

買った男娼が気に入ったから日本滞在中傍《そば》に置きたいと思う、というのはあり得ない話ではない。

もともと父親であるイドリース王のために呼ばれた俺を横からかっ攫《さら》ったことがすなわち、彼が俺を如何《いか》に気に入ったかという証明であるとは思うが、なんとなく違和感を覚えずにはいられないのだ。

同職者の間でも俺の勘はずば抜けていいと言われていた。特に『嫌な予感』は外したことがない。

今回はスタートからして躓《つまず》いたからか、どうも嫌な感じがする。とはいえ俺は二の足を踏んでいるわけではなかった。この『嫌な予感』をいかにして払拭し、イドリース王暗殺を成功させるか、それを考えていたのだった。

今まで俺は仕事上失敗をしたことがなかった。危機的状況は何度か経験したが、危うくなるたびに作戦を立て直し、任務を成功させてきた。

今回もまたそれは同じだ、と俺は鏡の中の自分の顔に、大きく頷いてみせた。油断さえしなければ足下を掬《すく》われることはない。必ず成功してみせる、と再び鏡の中の自分に頷くと、バスルームを出て寝室へと戻った。

「外商が少し早めに到着したということだ。次の間で待たせている」

寝室ではナーヒドが俺を待っていた。外商を呼んだのは、これから京都へと出発するのに俺が着替えを一着も持っていなかったためだ。

一旦俺が家に戻るという選択肢はなぜか与えられず、必要なものは全て買い与えるというこのナーヒドの感覚は俺にはついていけないものだったが、石油に潤う国ではもしや、当然の行動なのかもしれない。

そう思いながら次の間に続くドアを開いた俺は、驚きのあまり目を見開いてしまった。

広々としたその部屋には、まるで百貨店のワンフロアのように、ところ狭しとあらゆる品々が並べられていた。

「洋服と下着、それに靴や鞄。時計やアクセサリー……他にコロンやステーショナリーくらいか。必要と思われる品はすべて揃えさせた。好みのものを選んでくれ」

勿論全部でもかまわない、と微笑んだナーヒドを前に、俺は改めて自分と彼との感覚の差を思い知らされていた。

たった三日間の滞在だというのに、その場に並べられているスーツは二十着以上、普段着も同じくらいにあった。鞄も靴も、ずらりと並び、ロレックスやオメガを始めとする高級時計が十数個、コロンに至ってはここは化粧品売り場か免税店かというほどの品揃えだった。

加減ということを知らないのか、と思いながらコロンの隣に並んでいた眼鏡やサングラス類へと視線を移したのだが、その中に俺が愛用している銀縁の眼鏡があることに気づいた。

「…………」

もしや、という思いから、室内を見渡し『彼』の姿を探す。と、そのときドアが開き、上司と部下と思われるスーツ姿の二人の男が、手に大きな箱を抱えて入ってきた。

「大変お待たせして申し訳ありませんでした。こちらが和服類となります」

いかにも百貨店の外商と言うべき腰の低さで、二人の男が深々と頭を下げる。

「あの短時間でこれだけの品を揃えるとは正直感心した。さすが日本を代表する百貨店と言われるだけのことはある」

満足げに頷くナーヒドに「おそれ入ります」と前に立つ上司らしき男が頭を下げている。それにしてもまさか彼が直々にやって来るとは、と俺は内心の動揺を隠しつつ『日本を代表する百貨店』の外商を名乗る男を――俺の上司、林を前に佇んでいた。

林は俺の所属する組織の、極東総責任者だった。組織全体の中でも五本の指に入る実力者と言われる彼が、こうした『現場』に姿を現すことは滅多にない。

性別が男という以外、年齢も国籍も、勿論本名も明らかではないこの林に俺は拾われ、組織の一員として育て上げられたのだった。

俺が幼い頃にはもう成人していたから、年齢は軽く四十を超しているはずなのだが、普段の彼はどう見ても三十そこそこにしか見えない。オールバックにした綺麗な黒髪は艶やかで、切れ長の瞳が目を惹くその顔は、驚くほどに整っていた。

どうも日本人というよりは、韓国系のようである。が、日本語も韓国語も中国語も――北京も広東も、そしてマレー語、インドネシア語など、アジア圏の言葉を自在に操る彼が実際何人であるのか、知る者は誰もいなかった。

今は責任者という立場ゆえ自ら手を下すことは殆どないが、かつては彼も殺し屋として名を馳せたのだそうである。射撃もナイフもそして柔術も、俺はすべてを林から教わった。多分俺は林より二十歳以上は若いと思うが、それだけ年齢差があっても林には射撃でもナイフでも、そして柔術でもかなわないのではないかと思っていた。

組織には当然のことながら腕自慢の荒くれ男たちが山のようにいる。林はそんな男たちをもひと睨みで黙らせることができた。

彼に睨まれたら命はないというのが組織内の定説だった。実際彼の不興を買った人間は、彼に睨まれた数日後には確実に姿を消した。

組織の人間にとって林の存在は脅威以外の何ものでもなく、その認識は実の子供のようにごく近くで育てられた俺であっても同じだった。

その林が自ら出張って来ているのである。何が起こっているのかと俺が緊張するのも仕方のない話だった。

林は変装の名人でもあり、今日の彼はいかにも百貨店の外商の責任者らしい風体をしてた。

「何からお選びになりますか。まずはスーツから参りましょうか」

上品、かつ柔らかい物腰で林がナーヒドと俺、両方に語りかけてくる。普段は抜き身の刀といわれるほどの迫力を感じさせる彼がまるで気配を殺していて、さすがだなと俺を密かに唸らせていたのだが、続くナーヒドの言葉に彼が見せた驚きはもしや素のものかもしれなかった。

「選ぶのは面倒だ。全部もらおう」

「は?」

林も驚いたようだが、俺もまた驚きに目を見開いた。たった三日の滞在にスーツ二十着など不要としかいいようがない。

「全部でございますか？」

確認を取る林の顔は既に、上品この上ない百貨店の外商のものになっていた。俺も驚いてばかりはいられない、と思いつつ、男娼『優』であればやはり驚きに言葉を失っているという演技が相応《ふさわ》しいかと判断し、ただナーヒドの傍らで目を見開いていた。

「ああ、全部だ。何より貴店の迅速な対応が気に入った」

「おそれ入ります」

林が恭しげに頭を下げる。

「あの……」

やはりここでは遠慮するのが妥当だろうと、俺はおそるおそるといった風を装いナーヒドに声をかけた。

「なんだ、ユウ」

「……あの、大変申し訳ありませんが、これだけのものをいただくわけには……」

部屋中を埋め尽くしているこれらの品々、しかもどれもこれも超がつくほどの高級品とわかるだけに、とてももらうわけにはいかない——というのは、実にスタンダードなリアクションだと思う。だが砂漠の国の王子の『スタンダード』は違った。

「気に入らないのか？　それならまた別のものを用意させるが」

「いえ、そうではなく」

彼には『遠慮』という概念が備わっていないに違いない。『いらない』イコール『気に入らない』になるのかと内心呆れつつ俺は、機嫌でも損ねられたら面倒だと言葉を探した。

「気に入らないのではありません。このような高価なものをいただくのは、申し訳ないという意味なのです」

「申し訳ないことなどない。通訳としてそれだけの働きをしてくれればいいことだ」

やはりナーヒドには『遠慮』は通じないようだった。きっぱりとそう言い切ったあと彼は、あ、と何かを思いついた顔になり言葉を続けた。

「勿論、報酬は別に支払う。これらの品は君が僕の依頼した仕事をこなすためのツールに過ぎないのだから、申し訳ないなどと思わず、気に入ったのなら受け取ってほしい」

「……わかりました」

これ以上固辞すると、本当に機嫌を損ねてしまいそうな気配を感じ、それならもらっておくかと俺は恭しく頭を下げた。

「ありがたく頂戴いたします」

「それでいい」

やや厳しい表情になっていたナーヒドの顔が笑みに綻《ほころ》ぶ。やはり俺の読みは正しかったかと思いつつ、密かに安堵の息を吐いた俺の耳に、遠慮深い林の声が響いてきた。

「よろしければフィッティングをどうぞ。お体により合うよう、お直しを今させていただきますので」

「そうだな、お願いしよう」

フィッティングは俺がするのだから、返事をするのは俺であるはずなのに、林の申し出を了承したのはナーヒドだった。

「フィッティングは一着でよかろう。直しは大至急で仕上げてくれ。二時間後にホテルを出て京都へと向かうことになっている」

「え？」

そんな急な話だったのか、と思わず上げてしまった俺の驚きの声と、

「かしこまりました」

恭しげに深く頭を下げた林の声が重なった。

「それではこちらへ」

林が顔を上げ、真っ直ぐに俺を見つめてくる。

「私は少し外そう」

父と話をしてくる、とナーヒドが俺たちに声をかけ、ＳＰを引き連れ部屋を出ていった。バタン、とドアが閉まった途端、俺は林に駆け寄ろうとしたが、林は目でそれを制すると、今までとまるで変わらぬ外商の顔で話を始めた。

「それではこちらをお召しください。ナーヒド王子よりだいたいのサイズをご連絡いただいて

おりましたので、そうお直しする箇所はないと思われます」

「ありがとうございます」

林の目配せで俺は、室内に設置された監視カメラの存在に気づいた。昨夜は確かにそんなものは装置されていなかったが、と思いながら、林が次々と差し出してくる順番どおり、下着を、シャツを、そしてスーツを身につけ彼の前に立った。

「少し上着丈を短くしましょうか」

そう言いながら林が俺のすぐ後ろに立ち、耳元に唇を寄せてくる。

「一体どういうことだ?」

囁かれた声は、組織の極東責任者としてのものだった。

「それがなんとも。京都行きは今朝言われたばかりで……」

「疑われている様子は?」

「それもやはり、なんとも答えようがありません」

肩幅や上着丈をチェックしているふりをしながら、林が俺に問いを重ねる。

「イドリース王には近づけそうか」

「四名のSPがベッドルーム内でも王を警護しています。近づくのは容易ではありませんが臨機応変に作戦を立て直していくつもりです」

「わかった」

林が短く答えたあと、すっと俺から身体を離した。あまり長時間密着しているのも怪しまれると思ったのだろう。

「お客様が気にならないとおっしゃるのでしたら、上着丈もこのままで結構かと思いますが、いかがされますか？」

「このままで結構です。ありがとうございました」

頭を下げて寄越した林に俺も頭を下げ返す。顔を上げた彼が、ちらと俺の袖口を見やったのに、俺もまたさりげなくシャツの袖につけられたカフスを見やった。

これが発信機になっているのだろう。武器になりそうなものを渡してこないのは多分、同行している警視庁のＳＰに身体検査を受けさせられる危険を察知したからだと思われた。

武器はなければ奪えばいい。そういうことかと林に目で問うと、彼は満足げに小さく頷いてみせた。

「それでは失礼いたします」

「ありがとうございました」

林が部下を連れ、退室してゆく。一人になった室内で俺は、それにしても、と部屋中に広げられた服飾品を見回し、呆れたあまり溜め息を漏らしてしまった。

桁外れの金持ちの考えることはわからない。もしも俺が本物の男娼『優』だったら、なんたるラッキーと小躍りするところだろう。たった三日の滞在中に着きれる量じゃないこれらの服飾品の総額は数百万、フランクミュラーの時計やブラックパールのタイピンなどがあることから、下手すると八桁いくかもしれなかった。

たまたま呼んだ男娼が気に入ったからといって、このような高価なプレゼントをするなど、俺の常識では計り知れないことだと思いながら、林が商品にさりげなく混ぜて寄越した俺愛用の眼鏡を取り上げ顔にかけた。

度は入っていないが、この眼鏡をかけると安心する。普段俺は滅多に素顔を晒すことはなくこの眼鏡をかけているのだが、それは職業柄あまり人に顔を見せたくないという理由以外に、俺自身が自分の顔を好いていないためだった。

美しいと言われることが多いこの顔を『使う』場面は多かったが、俺自身は自分の女顔をあまり気に入っていなかった。それゆえ、普段は伊達眼鏡をかけ素顔を隠していたのだが、フレームの大きなものは視界の妨げになるのでこの銀縁の眼鏡をことに愛用していたのだった。

俺が眼鏡をかけ、適当に見繕った時計を腕に嵌めたそのとき、部屋のドアがノックされたとほぼ同時に開き、ナーヒド王子が入ってきた。

「思ったとおり、よく似合っている」

満足そうに笑いながら近づいてくるナーヒドに、俺は深く頭を下げこれらの品々を購入してもらった礼を述べた。

「おや、君は目が悪いのかい？」

顔を上げたとき、ナーヒドが目を見開くようにして尋ねてきたのに、伊達眼鏡と正直に答えてつっこまれるより、適当に誤魔化したほうがいいかと思い「ええ、少し」と嘘をついた。

「眼鏡もよく似合っているが、君の美貌が少しでも隠れるのは惜しい気がするね」

「そんな……」

世辞に違いないその言葉に、礼を言おうか恐縮してみせようか一瞬悩んだが、俯いて適当に流すことにした。

ナーヒドのような美貌の持ち主に褒めそやされるほどの顔を自分がしているとは思えない。そうか、逆に美貌を褒め返すというのもアリだなと顔を上げた俺は、それまでじっと俺を見つめていたらしいナーヒドとばっちり目が合ってしまい、らしくもなくうろたえてしまった。

「あの……」

青い——澄んだ湖面を思わせる、どこまでも青い綺麗な瞳に俺の顔が映っている。こうも美しい瞳をかつて見たことがあっただろうかと思わせる彼の青い瞳から俺は目が逸らせなくなっていた。

彼の瞳の前ではどんな小さな嘘であっても見破られてしまいそうな気がした。錯覚であるに違いないのに、身構えてしまいそうになっている自分に気づいたと同時に俺は我に返り、いつしか食い入るように見つめてしまっていた彼の瞳から目を逸らした。

「さて、支度が済んだら京都へと向かおう。藤菱商事が車をリザーブしてくれた。僕は『新幹線』というものに乗ってみたかったのだが、列車は警護が面倒らしくてね」

「了解しました」

確かに新幹線よりも車を警護するほうがラクといえばラクだろう。それにしても過剰なほどの用心ぶりだと俺は心の中で肩を竦めた。

今回、イドリース王の来日はオフィシャルなものではなく、お忍びの——いわばプライベートの観光旅行と言っていい。

にもかかわらず、こうも厳重に警備を施すのはもしや、組織に依頼されたイドリース王暗殺計画が王サイドに漏れているためではないだろうか、と俺は目の前でにこやかに微笑んでいるナーヒドの顔をそっと見やった。

華麗ともいえる笑みの下で彼は一体何を考えているのだろうか——探る眼差しを向ける俺の視線をしっかりと受け止め、尚も微笑む彼の意図はわからないとしかいいようがない。

「朝食にしよう。隣の部屋に用意させている。その間にユウ、君の荷物を作らせるよ」

「ありがとうございます」

まさに至れり尽くせりという待遇を、疑問に思うべきか否か、生活水準があまりに違うために推し量ることができない。

まあ、疑わしいと思った相手を傍に置くわけもないか、と俺はできるだけシンプルに考えようと気持ちを切り替え、ナーヒドに促されるままに朝食の席へと向かった。

朝食は、俺とナーヒド、二人分のみ用意されていた。もしや王も同じテーブルにつくのでは、と淡い期待を抱いていただけに、セッティングされたテーブルを前に落胆せずにはいられなかった。

同じフロア——おそらくはドアで繋がっている部屋にいるにもかかわらず、俺はイドリース王の顔を一度たりとて拝めていない。

これは故意か、はたまた偶然かとまたも探る眼差しをナーヒドに向けたのだが、ナーヒドはそれは優雅な仕草でコーヒーカップを口へと持ってゆくと、まるで俺の疑問に答えるような言葉を発し始めた。

「父は今、寝室で休んでいるよ。昨夜は君の同僚の彼をいたくお気に召したようでね。年齢を考えず頑張りすぎてしまったらしい」

「……そうですか……」

もしも予定どおりであれば、昨夜イドリース王は俺の手で天国へと導かれていたはずだった。それがどうしたことか、SP四人が見守る中、あの華奢な美少年の男娼と共に『天国』ともいうべき時間を過ごしていたとはな、などと皮肉めいたことを考えていた俺は、不意にナーヒドに声をかけられ緊張を高まらせた。

「ところで君、ユウ。京都へは行ったことがあるかい？」

「ええ、何度か」

「それは素晴らしい。寺社仏閣にも造詣《ぞうけい》が深い？」

「いえ、それは……」

『仕事』で何度か京都を訪れたことはあったが、勿論観光などはしたことがない。加えて俺は歴史的建造物などにはまるで興味がなかった。

果たして本物の『優』はどうだったか――内心冷や汗をかきながら俺は彼のプロフィールを思い起こしていた。

海外VIPを相手にすることが多い彼は確か、彼らの要請で京都や鎌倉といった古都にも何度も同行していたという記載があったように思う。

店の中でもトップクラスの売り上げを誇る彼は非常なる勉強家で、求められれば日本の文化について、なんでも英語で説明できるくらいの知識を身につけていたらしかった。

ナーヒドはもしや『優』のプロフィールを熟知していて、それで京都観光の通訳を依頼してきたのだろうか。そうだとすると、寺社仏閣に興味がないという俺の答えは『優』の言葉としては矛盾していることになる。

しまった、俺としたことが緊張が足りなかった、といかに己の失言をリカバーしていくかと咄嗟に考えを巡らせたのだが、ナーヒドの問いはある意味俺の思わぬ方向へと変じていき、俺に安堵の息を吐かせた。

「それならユウは何に興味がある？　現代アートのほうが好みかな？　それとも芸術系よりは娯楽性のあるもののほうが好きかい？」

「そうですね……」

実際の『優』の趣味は映画鑑賞と音楽鑑賞で、音楽は鑑賞するだけでなく、ピアノとサックスを「たしなむ程度」にはこなすという。

ピアノはある程度弾けないことはないが、サックスを吹けと言われたらお手上げだ。音楽からは話題を逸らしたほうがいいなとは思ったが、『映画』といって下手につっこまれても困った。さてなんと答えるべきかと俯いた俺に、ナーヒドが問いを重ねてくる。

「スポーツはどうかな？　何か得意なものはあるかい？」

「スポーツはそう、得意ではありません」

俺自身はどちらかというと、文化系より運動系を得意としていたが、『優』はスポーツ嫌いだった。

「なんだ、そうなのか」

ナーヒドが意外そうな顔になる。

「鍛えている体つきをしているから、てっきり何かスポーツをやっているのかと思っていたよ」

「……ジムで身体を鍛えていますが、趣味というわけではないので……」

確かに俺の身体は鍛え上げられたものだ。もともと筋肉が表立ってつく体質ではないために、筋骨隆々といった感じではないが、それでも裸体を見れば——そして触れれば、どれだけ鍛えているかわかったのだろう。

またも『優』との違いが露呈したことに、俺の腋の下を冷たい汗が流れる。

ナーヒドのこの問いは何を狙ったものなのか、なんとか彼の意図を読む術はないものかと考えを巡らせていた俺は、「そうか」と笑ったナーヒドが続いて発した問いには、肩透かしをくらわされた気になった。

「ところで、ユウ、君には今、恋人はいるのかな？」

「恋人ですか」

『優』本人には、恋人がいた。彼が所属していた男娼クラブのマネージャーである。だが公コメントとしては『いる』という答えを口にするわけがないと、今度は随分リラックスしながら、首を横に振った。

「いません」

「本当に？」

ナーヒドがじっと俺の目を見つめて問いかけてくる。

「はい」

実際俺には『恋人』と呼べるような相手はいなかったため、いくら澄んだ瞳でじっと見つめられようが、後ろ暗さはまるで感じなかった。

性欲処理の相手ならいるが、感情的なものはまったくない。もともと性的には淡泊な方なので不自由を感じたこともそうなかった。

「信じてしまいそうだな」

暫くじっと俺の瞳を見つめていたナーヒドの青い瞳が微笑みに細められる。

今まで俺は他人のプロフィールを語り、何一つとして本当のことを喋《しゃべ》っていない。唯一口にした真実だというのに、ナーヒドに信用されないというのも皮肉だなと思いながら俺は、美しいナーヒドの笑顔を前に目を伏せた。

「そろそろ車の用意ができたらしい。出発しよう」

ナーヒドが明るくそう告げ席を立つ。

「かしこまりました」

質問責めから解放されたことにやれやれ、と心の中で安堵の息を吐きながら、俺もまた彼に倣《なら》って席を立った。これから如何にしてイドリース王に近づき、その命を奪うか作戦を立てなければならない。

相変わらず俺の胸には『嫌な予感』が渦巻いていたが、困難が勝れば勝るほど俺は燃える質《たち》なのだった。

早々に仕事をし遂げてみせる――今度こそヘマはしないと心の中で一人気を吐きながら、ナーヒドのあとに続いて部屋を出ようとした俺の前で、ナーヒドがあたかも俺の心の声が聞こえたかのようなタイミングで足を止める。

「…………」

ちら、と肩越しに俺を振り返る彼の口元は笑っていた。何、と問い返すより前に前を向いてしまったナーヒドのあとに続きながら俺は、彼の笑みにはいかなる意味が込められているのかを一人考えていた。

4

藤菱商事が用意した車は、全長何メートルあるのかと思われるようなリムジンだった。しかも二台、である。

その二台のリムジンの前後に警護の車が数台ずつつくという、少しも『お忍び』ではない仰々しさには、さすがの俺も呆然としてしまった。

二台のリムジンを見たときに嫌な予感はしたのだが、イドリース王は側近と四人のSPと共に一台目のリムジンに既に乗り込んでおり、俺はナーヒド王子と二人で二台目に乗ることとなった。

一体いつになったらイドリース王の顔が拝めるのだ、と憤りを感じつつ、ナーヒドに導かれるままにリムジンに乗り込む。と、車は早くも発進し、大行列とも言うべき一行はゆったりしたスピードで首都高の入り口を目指した。

広々としたリムジンのシートは、軽く十人は座れるほどだったにもかかわらず、ナーヒドは俺を傍らに座らせ、腰に腕を回して身体を密着させてきた。

「カーテンを閉めよう」

車の前後だけでなく、何車線もある道路では横に警護の車が並ぶこともある。まさか彼らも車中を覗き見ることはすまいと思われたが、ナーヒドは気になるのかそう言うと、運転席へと通じるスピーカーをオンにし英語で指示を与えた。

ジーッと音を立ててリムジンのカーテンが閉まってゆく。自動か、と感心してそれを眺めていた俺は、ぐっと腰を抱き寄せられ、もしや、とナーヒドを見返した。

「京都までは長旅になりそうだ。退屈を紛らわせるようなことをしないかい？」

「………」

囁くように告げ、更に強い力で俺の腰を抱き寄せてくるナーヒドの青い瞳が欲情に濡れて煌めいている。車中でセックスを求められるとは予想外だっただけに、どうするか、と迷ったが、『男娼』であれば断るという選択肢はないか、と思い直した。

「かしこまりました」

頷いた俺のこめかみにナーヒドが唇を押し当てるようなキスをする。熱い唇の感触に、どきり、と胸の鼓動が高鳴りカッと頬に血が上ってきた身体の変化に、一体どうしたことかと俺は密かに首を傾《かし》げた。

「君の綺麗な身体が見たいな」

腰に回されたナーヒドの手が退いてゆく。服を脱げということだなと俺は「かしこまりました」と頷くと、手早く上着を脱ぎ、ネクタイを、シャツを脱ぎ捨て、続いてスラックスと下着も脱いで全裸になった。

ナーヒドは俺の脱衣の様子をじっと眺めていたが、全ての服を脱ぎ終わると俺に向かいすっと右手を差し出してきた。

「おいで」

「はい」

導かれるままに彼の膝の上に彼の方を向いて跨《また》がる。と、ナーヒドは両手を俺の背に回したあと、その手を腰へと下ろし、両手で双丘を割ってきた。

「……っ」

ずぶり、と彼の指がそこへと挿入される。

「昨夜の余韻《よいん》か……君の中はまだ熱いな」

くすりと笑ったナーヒドが、ぐっと指を奥まで突き立ててきたのに背を仰け反らせてしまったのは、彼の言う『昨夜の余韻』のせいだった。ナーヒドの指を追いかけるように、後ろが俺の意志を超えてひくひくと蠢くその刺激に快楽を呼び起こされ、堪らず身体を反らせた俺の胸へと、すかさずナーヒドが顔を埋めてきた。

「あっ……」

胸の突起を強く吸われ、高く喘いだ俺の後ろに、二本目の指が挿ってくる。二本の指が乱暴なほどの勢いでぐちゃぐちゃと中をかき回し、紅く勃ち上がった乳首に軽く歯を立てられる。

胸に、後ろに与えられる刺激に俺の雄は早くも勃ち上がり、先端に先走りの液が滲み始めてしまっていた。

「あっ……はぁっ……あっ……」

後ろを弄《いじ》る指はいつの間にか三本に増えていた。左手でそこを押し広げるようにしながら、三本の指が間断なく中をかき回してゆく。指の刺激ではもはや物足りなくなっていた俺の腰は己の意識せぬうちに前後に大きく揺れ、俺の雄の先端に盛り上がる透明な液体が、そのたびに零れ落ちてはナーヒドの白いアラブ服を濡らしていった。

「あっ……あぁっ……あっ……」

痛いくらいに乳首を噛まれたのに、俺の頭の中で火花が散った。またも大きく背を仰け反らせた俺の後ろから、ナーヒドの指が退いてゆく。

「やっ……」

失われた指を求め、あたかも壊れてしまったかのように後ろが激しく収縮する。もどかしいとしかいえない感情に支配されていた俺は、堪らず目の前のナーヒドの首に縋《すが》り付いてしまったのだが、耳元に響いてきたナーヒドの声に快楽に我を忘れていた自分に気づかされ、はっと自分を取り戻した。

「そうしがみつかれては服が脱げない。膝から降りてもらえないか？」

「……し、失礼しました」

俺としたことが行為にこうも没頭してしまうとは、と愕然としながらも急いでナーヒドにしがみついていた腕を解き、彼の膝の上から降りる。身体を動かすたびに後ろが熱く疼《うず》き、息を詰めてそれをやり過ごしながら俺は、まったくなんたることだと唇を噛んでいた。

まだ昨夜の怪しげな『媚薬』の効果が残っているのだろうか。それともナーヒドの性戯が人並み外れて巧みなせいか。

確かに彼ほどのテクニックの持ち主には今のところお目にかかったことがないが、たとえそうだとしてもこの俺が――セックスを道具に使うことこそあれ、溺れ込んだことなどないこの俺が、我を忘れて喘ぐなどあり得ないことだった。

昨日から俺のプライドはズタズタだ、と唇を噛みしめる俺の口の中に血の味が拡がる。自らを傷つけてどうする、と自嘲し口を開いたそのとき、背後からナーヒドの俺を呼ぶ声が響いた。

「おいで、ユウ」

「かしこまりました」

やれやれ、と思っているはずなのに、俺の後ろはあたかもナーヒドの突き上げを期待するかのようにひくひくと蠢き俺をいたたまれない気持ちに追いやっていった。

振り返るとナーヒドはアラブ服の前を開き、ズボンのような衣服の間から既に勃ちきった雄を取り出していた。先走りの液を滲ませる逞しい雄を前に俺の喉がごくりと鳴る。

まったく、どうしたことかと微かに狼狽しつつも俺はナーヒドに導かれるままに、今度は彼の膝の上に背を向けて腰を下ろした。

「自分で挿れてみるかい？」

腰を両手で摑みながらナーヒドが少し掠れた声で問いかけてくる。

「……っ……お望みでしたら」

尻にあたる熱い塊に、びく、と身体が震えてしまいそうになるのを押さえ込みながら、俺は肩越しにナーヒドを振り返った。

「そうだね、僕はそれを望むね」

くす、と笑ったナーヒドの白皙の頰が紅潮している。声音だけでなく、その表情も非常にセクシーだと思う俺の胸の鼓動はどきりと高鳴り、身体が微かに震え始めた。

「かしこまりました」

本当に俺はどうかしていると動揺しながらも、命令には従わなければと再び前を向き、後ろ手でナーヒドの雄を摑む。シートの上で膝を立てて身体を持ち上げたあと、自身の指でそこを広げ、摑んだナーヒドのそれを挿入させていきながらゆっくりと彼の上に腰を下ろしてゆく。

「……あっ……」

かさの張った部分が内壁を擦り上げる刺激に、俺の口からは堪えきれない声が漏れていた。

『命令には従わなければ』などというのは単なる大義名分で、この熱くて太い雄が欲しかったのではないかとさえ思えてくる。それほどに俺の身体は昂《たか》まってしまっていた。

「動ける？」

全てを中へと埋めきり、ぺたり、と腰を下ろした俺の耳元にまた、ナーヒドの掠れたセクシーな声が響く。

「は、はい……」

「それなら動いてごらん。君のいいように、激しく」

耳朶《じだ》を擽《くすぐ》る甘い声音に、ぞくぞくとした刺激が背筋を這い上ってゆく。熱い両掌ががっちりと俺の腰を掴んで固定している。どれだけ動いてもしっかりと支えてやるということだろう、と思いながら俺は、「わかりました」と頷くと、ゆっくりと身体を上下させ始めた。

「……いいね……っ」

自分の感じるポイントを狙い、身体を動かしてゆくうちに、次第に動きが激しくなってゆく。背後で響くナーヒドの声が、腰に感じる彼の熱い掌の感触が、ますます俺を昂め、気づけば俺は自分でも驚くほどに髪を振り乱し高く声を上げてしまっていた。

「あっ……はぁっ……あっ……」

腰にあったナーヒドの手が、俺の肌を這い回る。両胸の突起をきゅっと摘まれ、堪らず背を仰け反らせた俺は、下からぐっと突き上げられる刺激にまた大きく身を捩ることになった。

「やっ……あぁっ……あっあっあっ」

動け、と言っておきながらナーヒドは自分でも力強く腰を動かしていた。繊細な指が俺の乳首を摘み上げ、猛々しい雄が内臓を抉《えぐ》るような力強さで突き立てられる。

昨夜媚薬を使われたときとはまた種類の違う——うまく表現できないが、血の通ったものともいうべき快感が俺の身体を、頭を支配していた。

「あっ……あぁっ……あっあっあっ」

脳が沸騰してしまったように熱く爛《ただ》れ、何も考えることができない。沸騰しているのは脳だけではなく、血も肉も肌も、全てが熱くて、その熱を発散させる術を知らない俺はただただ激しく身悶え、高く喘ぎ続けた。

「あぁっ……」

執拗に胸を弄っていたナーヒドの手が肌を滑り、勃ちきった俺の雄を摑む。二度、三度と軽く扱いたあと、いきなり勢いよく扱き上げられたその刺激に俺は達し、獣のような声を上げながら彼の手の中に白濁した液を飛ばしてしまった。

「……くっ……」

射精を受け、後ろが激しく収縮してナーヒドの雄を締め上げたのに彼も達したようで、ずしりとした精液の重さが伝わってきた。それでもまだ衰えを見せない雄の感触に、なんたるタフさだ、と感心していた俺の身体を、ナーヒドが背後からぎゅっと抱き締め、耳元に唇を寄せてくる。

「……君は最高だよ。京都などもうどうでもよくなった。このまま君を可愛がり続けたい。い

いだろう?」

「……え……?」

それはどういう意味なのか——振り返って問いかけようとした俺の動きを阻もうとでもするかのように、ナーヒドが俺をぎゅっと力強く抱き締める。

「君の中から出たくない……日本の古都より僕は君に魅せられてしまっているよ」

「こ、光栄です……」

他に答えようがなくそう言いながらも、一体どういうつもりだと俺は肩越しに再びナーヒドを振り返ろうとした。

「このままずっと君の中にいてもいい?」

くすりと笑った彼の掠れた声が響いたと同時に、俺の中で彼の雄がどくん、とその存在を主張する。

「……あ……っ」

まさかこの状態をずっとキープし続けるという意味か、と内心慌てた俺の身体を、ナーヒドが力強い腕で抱き締めてくる。汗の滲む首筋に熱い彼の唇を感じたとき、その『まさか』が俄然、信憑性《しんぴょうせい》を帯びてきて、俺を愕然とさせた。

ナーヒドがゆっくりと腰を上下させながら、再び俺の肌に掌《てのひら》を這わせてくる。冷めたはずの熱がまた身体の中で燻《くすぶ》り続けるのを感じながら俺は、尽きる気配のないナーヒドの欲情にまたも翻弄される自身を予感し、なんたることかと密かに天を仰いでいた。


嫌な予感は的中し、車が京都に到着するまでの五時間あまり、ナーヒドは俺を膝の上から下ろそうとしなかった。

さすがに五時間やりっ放しということはなかったが、俺が申し訳ないけれど、と泣きを入れるまでナーヒドはそれこそ『俺の中』から出ようとせず——彼を抜こうとしなかったために、後ろの感覚は殆どないといってもよく、身体はすっかり消耗してしまっていた。

リムジンは京都でも一、二を争うという有名なホテルへと到着したが、イドリース王も車での移動は非常に疲れたということで、その夜予定されていた置屋遊びは延期となった。

京都でも高層ホテルの最上階が彼らの宿泊所だったが、今回もやはり王と王子の部屋は別で、王の部屋の中と外には私設公設合わせて十名のSPが警護にあたっていた。

王同様、俺もまたリムジンでの移動には疲れ果ててしまっていた。まったく情けないことこの上ないと自己嫌悪に陥りつつも、やたらと機嫌のいいナーヒドに伴われて俺は彼と同じ部屋で夕食を取り、そのままベッドインすることとなった。

ナーヒドにとっては俺は『男娼』であるから、接し方としては不自然なところはまるでないとは思うが、彼が片時も俺を傍から離そうとしないのは不自然といえば不自然だった。

それだけ俺を気に入ったということだろうという見方もできるが、そうは言い切れない何かがあるような気がする。もしや俺の正体に気づいているのではと思わないでもないが、もしそうならなぜ、SPに引き渡さないのだという当然の疑問が生じ、とりあえずは様子を見るか、という結論に達した俺は、ナーヒドに言われるがままに彼の傍に控えていた。

ナーヒドの室内にも今日はSPが控えていたが、寝室まで入ってくることはなかった。車の中であれだけ行為に耽《ふけ》ったのだから、まさかもう求めてくることはないだろうという俺の予想は外れ、ナーヒドはベッドに入るとまたも俺を組み敷き、首筋に顔を埋めてきた。

「あ、あの……」

まったくこの砂漠の国の王子は、馬並みにタフだなと思いながら俺は、さすがにもう出来ないと泣きを入れてみることにした。

どれだけタフな男娼だとしても、自分の身体をいたわるくらいはするだろう。正直な話、これ以上突っ込まれたら壊れてしまうかもしれないという危機感もあった。

今後の作戦のためにも、体力を温存したくもあり、俺は不興を買わぬよう気をつけつつ、「なんだい？」と顔を上げ笑顔で問いかけてきたナーヒドを見やった。

「大変申し訳ありませんが、これ以上はもう……身体が……」

「キツいとでも言うのかい？」

ナーヒドが意外そうな声を上げ、俺をじっと見返してくる。

「……はい……」

その表情からすると、彼はまだ体力的に少しもキツくないということなのだろう。驚くのはこっちだ、と思いながらも殊勝さを装い頷いた俺の耳に、憮然としたナーヒドの声が響いた。

「君は自分の仕事がなんたるか、わかっていないんじゃないか？」

「…………」

この手のリアクションを予測していなかったわけではない。が、頭のどこかで俺は、ナーヒドを紳士だと思っていた。

優しげなその容貌のせいか、理知的な瞳のせいか、あまり非情なことはすまいと思っていた読みがあっさりと外れたことを、今この瞬間、俺は思い知らされていた。

「誰か」

ナーヒドが大きな声を上げたと同時に勢いよくドアが開き、二名のＳＰが駆け込んでくる。全裸の男娼とベッドインしている様を他人に見られてもなんとも思わないという感覚を持つ彼に、『紳士らしさ』を求めた俺が間違っていたと心の中で溜め息をついた俺の耳に、更に『紳士』らしからぬナーヒドの言葉が響いた。

「お前は頭の上で腕を、お前は脚を押さえるように」

ベッドサイドに控えたＳＰに、ナーヒドは俺を目で示しながらそんな信じがたい命令を下したのである。

「わかりました」

さすがといおうか、なんといおうか、とんでもない指示だというのにSPたちは顔色を変えるでもなく、ナーヒドがばっと上掛けを剥いだその瞬間、俺の腕と脚を摑み、指示どおりベッドの上で俺を押さえ込んだ。

「ナーヒド王子、何を……」

演技で怯えた声を出しはしたが、手、脚一名ずつなら逃げることは可能か、と考えていた俺の頭の中を読んだかのようなタイミングでナーヒドが再び「誰か」と室外に向かって声をかけた。

「お呼びでしょうか」

またも二名のSPが駆け込んできたのに、ナーヒドが淡々と指示を与える。

「手脚、それぞれ一人ずつ、抑えてくれ。多少ベッドに乗ってもらってもかまわない」

「わかりました」

ひらりと自身はベッドを降りながらナーヒドが命じたのに、SPたちは大真面目な顔で頷き、俺の両手両脚それぞれを一人ずつが捕らえ、ベッドへと押しつけてしまった。

さすがに大の男四人がかりともなると、全てを振り切り逃げることは不可能か、と心の中で唇を嚙んだ俺の耳に、続くナーヒドの命令が響いた。

「手脚をもっと開かせてくれ」

「はい」

ナーヒドの指示で、それぞれのＳＰが俺の手と脚を大きく開かせる。煌々と灯りの照らす下、広いベッドの中央で全裸のまま大の字に寝かされている自身の姿の情けなさを思うと憤死しそうになったが、ナーヒドの俺への辱めはそれだけにとどまらなかった。

「君に仕置きを与える。理由は勿論わかっているね」

ナーヒドの冷たい声が頭の上で響く。裸なのは俺だけで彼はいつの間にかホテルに備え付けの寝間着を身につけていた。

青い瞳が怒りに燃えている。だがその『怒り』が見せかけに思えてしまうのは気のせいだろうかと首を傾げていた俺に、ナーヒドは尚も強い語調で言葉を続けた。

「わからないとでも言うのか？」

「……わ、私が仕事をおろそかにしたためかと……」

実際、ナーヒドがこうも激高する理由は、俺にはよくわかっていなかった。常に人に傅《かしず》かれる立場の彼にとって、金で買った男娼だというのに、自分の求めを断ってきたことに腹を立てた――というところだろうが、そうも怒りっぽい性質であるとすれば今までの間にその片鱗《へんりん》くらいは見せてもよさそうなものである。

高価な品々を買い与えるというのを俺が遠慮したときにも確かに彼は不快そうではあったが、

こうもはっきりと不快感を示してはこなかった。それが今回に限ってなぜ、と思いながらも、これ以上不興を買うのは得策ではないと、俺は見るからに彼を恐れているとわかるようなおどおどとした口調で、彼が求めているであろう答えを口にした。

「その通りだ。自覚があるのなら話は早い」

ナーヒドの顔に微かに笑みが浮かぶ。少しは機嫌が上向いたのだろうかという俺の期待は、続くナーヒドの言葉に空しく潰えた。

「君は身体がキツいという理由で僕の求めを断った。僕には君が体力の限界を感じているとは思えない」

「それは……」

ナーヒドの顔から再び笑みが消え、厳しい眼差しが俺の裸体へと注がれる。本当に限界かと言われれば多少の余裕はあったが、身体がキツいという言葉には少しの嘘もなかった。

だいたい車の中で五時間、身体を弄られ続けたのだ。疲れ果てていて不思議はないだろう。

それをいかにしてナーヒドに伝えるかと考えを巡らせていた俺は、怒りに燃える目を向けたままナーヒドがベッドへと近づいてきたのに、何か答えを発さなければと焦り、口を開いた。

「本当です。車の中でナーヒド様があれだけ可愛がってくださったものですから、本当に体力の限界を感じていたのです」

媚びれば助かるというのなら、いくらでも媚びてやると、彼の喜びそうな台詞《せりふ》をつなげたものの、少しの効果も得られなかったことを間もなく俺は知った。

「嘘だ。まだまだ君は楽しめるはずだ」

「嘘ではありません」

『楽しむ』という観点から考えれば、最初から少しも楽しんでなどいない。そんな屁理屈が頭の中に浮かんだが、勿論口にする度胸はなかった。

それにしてもなぜにナーヒドは俺の言葉を『嘘』と決めつけるのだろう。わけがわからない、と密かに首を傾げていた俺に、ナーヒドはその答えを与えてくれた。

「嘘ではないというのなら試してやろう」

「……え……？」

行為への口実だったのか――しまった、と思ったときには、ナーヒドはベッドの上、ＳＰが開かせた俺の両脚の間に座っていた。

「ナーヒド王子、何を……」

そのまま俺の下肢にナーヒドは顔を埋め、萎《な》えた俺の雄を手にとるとゆっくりとそれを口に含み始める。

「お、お許しください」

熱い口内を感じた途端、俺の雄はびくん、と震え、急速に硬度を増していった。と、ナーヒドが口から俺を出し、じろり、と顔を見上げて寄越す。

「ほら見ろ。少しも『限界』ではないではないか」

「……っ」

眼差しは厳しかったし、口調はむっとしていたが、彼の青い瞳の中に愉悦の色があることを俺は見逃さなかった。

計られた——必要以上に怒ってみせたのは、俺に『限界』の言葉を発せさせるためであり、なおかつその言葉をこうして『嘘』と証明し、責め苛《さいな》むためだったのだ、と察した俺に向かい、ナーヒドははっきりと微笑むと、再び下肢に顔を埋め、俺の雄を舐《ねぶ》り始めた。

「ん……っ……んんっ……」

先端の敏感な部分を舌で丁寧に舐りながら、竿を指先で扱き上げる。鈴口に滲んだ先走りの液を音を立てて啜ったあとまた、先端のみ口へと含み、堅くした舌先で亀頭の部分を舐め回す。

「あっ……はぁっ……あっ……」

丁寧かつ執拗な口淫に、『限界』と言った俺の肌は熱し、息が上がってくる。ナーヒドの口の中で俺の雄は、それこそまさに『限界』を感じ今にも達してしまいそうになっていた。

「くっ……」

いく、と思った途端、ナーヒドの指が射精を妨げるべく、俺の根元をぎゅっと握った。低く声を漏らした俺をナーヒドはちらと見上げたあと、目を細めて微笑み、わざと口の中から俺を出すと、まるで見せつけるかのように、長く出した舌で裏筋をゆっくりと舐め上げてゆく。

「やっ……あっ……」

びくん、と彼の手の中で俺が震え、先端に先走りの液が滲む。握られた竿は筋が浮き出るほどに充血し、性の発散を求めてびくびくと震え続けていたが、根元をしっかりと握られているために射精はかなわなかった。

「あっ……はぁっ……あっあっあっ」

達してしまったほうがどれだけラクになれるかという生殺しの状態が延々と続くうちに、しっかりしていたはずの俺の意識は朦朧とし、何も考えられなくなってくる。

「あぁっ……もうっ……もうっ……」

悲鳴のような己の声が遠いところで響いている。やたらと俺を冷静に見つめるナーヒドの青い瞳を肌で感じながら、それから暫くの間——ついには意識を飛ばしてしまうまで、ナーヒドの愛撫に身悶え、高く喘ぎ続けた。

「ん……」

恐ろしく下肢がだるい。起き上がることも困難な身体の重さを感じながら、俺は薄く目を開き周囲を見渡した。

昨夜の記憶が怒濤《どとう》のように蘇ってくる。結局あれからナーヒドは暫くの間俺を一人で喘がせたあと、またも俺の腰を抱き、執拗に求め続けたのだった。

アラブの男はもともとタフだという知識はあったが、それにしてもナーヒドの体力と性欲は人並み外れているのではないかと心の中で悪態をつきながらなんとか身体を起こしたが、ベッドを降りるまでの気力はなかった。

体力で人に劣ると思ったことはなかったが、今回ばかりは別だった。まあ、『仕置き』と称して延々攻め立てられた、あれがなければこうも消耗しなかったものを、と思わないでもないが、林にそのとおり報告しようものなら『言い訳だな』と一刀両断切り捨てられることは間違いなかった。

回避しようと思えばできただろうと、逆に叱責されるかもしれない、と溜め息をついた俺の脳裏に、ナーヒドの美しい青い瞳が浮かんだ。

俺に——買った男娼に腹を立て、仕置きを行った傲慢な熱砂の国の王子。だがあのとき確かに、ナーヒドの目は笑っていた。

仕置きは四人のSPを使って俺をベッドに押さえつけておくための口実に過ぎなかったのではないか——湧き起こる疑念の焔《ほのお》を前に俺はじっと目を凝らす。

京都に誘われたときから——否、それより以前から、俺の胸にはもしや、という疑いが芽生えていた。

組織の調査によると、イドリース王とナーヒド王子の親子仲はいいという話だった。外遊に王がナーヒドを同行させるのは、王子が語学に長けているためという理由以上に、話し相手が欲しいからだという記載があったように思う。

にもかかわらず、俺が彼らの懐に飛び込んでからというもの、ナーヒドとは片時も離れず一緒にいるというのに、イドリース王には一度たりとて会ったことがないというのは不自然ではないだろうか。

会うどころか、姿すら見ていないというのはもしや、ナーヒドが俺を父親に――イドリース王に敢えて会わせないようにしているのかもしれない。

だがなんのために――？

これも考えるまでもない問いだった。ナーヒドは俺の正体に気づいている。それしか考えられなかった。

しかしそれならなぜ、彼は俺を京都に誘ったのだ？　もしも彼が俺の正体を見抜いているというのなら、その時点でＳＰに引き渡しそうなものである。

なのになぜ――？

わからないな、と首を横に振ったとき、ドアの向こうに人の気配を感じ、俺はベッドの反対側へと身を隠そうとした。

「失礼するよ」

ノックと共に開いたドアから入ってきたのはナーヒドだった。

「やあ、目が覚めたかい？」

白いアラブ服に身を包み、にこやかに微笑みかけてきた彼の顔に、何事かを企んでいるような影は少しも見えない。

「朝食をここに運ばせようと思うのだが、食べられそうかな？」

「……ええ」

だがその笑みこそがくせ者なのだと、俺はじっとナーヒドの青い瞳を見つめた。

「なに？」

ナーヒドもまた俺を真っ直ぐに見つめながら、小首を傾げるようにして問い返してくる。

「いえ」

輝くような笑顔の下にいかなる思いを隠しているのか――簡単に見透かせるような相手ではないか、と俺は心の中で肩を竦めると、なんでもないと首を横に振り目を伏せた。

考えすぎという可能性もある。これまでのナーヒドの行動は、彼が単に色好みなだけで、俺を非常に気に入ったために腰が立たなくなるほど可愛がっているのだ、という解釈もまあ、成り立たないことはない。

成り立たないことはないが、まずそれはないな、と俺の直感が告げていた。

彼は確実に俺の正体を見抜いている。それはあの、澄んだ湖面を思わせる青い瞳が物語っているじゃないかと再び彼を見返そうとした俺の耳に、いかにもわざとらしいナーヒドの申し訳なさげな声が響いた。

「そうだ、君に謝らなければならないことがあるんだ」

「なんでしょう」

一気に緊張が高まる思いがしたのを悟られぬよう、おどおどとした仕草で顔を上げた俺に、ナーヒドが一歩を踏み出し、顰《ひそ》めた眉も美しい顔を近づけてくる。

「今日は京都を観光する予定だっただろう？　君には通訳をお願いしていた。だが急に父が気を変えてしまってね、観光は中止になったんだ」

「え？」

いかなる『謝罪』をしてくるか、あらゆる可能性を一瞬のうちに想定してはいたものの、それは予想外だったと、俺は素で驚いた声を上げてしまった。

「せっかく君にはわざわざ京都まで来てもらったというのに、大変申し訳ないことをした」

「いえ、どうぞお気遣いなく」

京都観光が中止ということは、ここでお役ご免になるということだろう。すぐさまホテルを出ていけと言われるのだろうか。その場合、いかにしてイドリース王に近づくか、と頭をフル回転させながらも、俺は笑顔で首を横に振り、せめて王の今後のスケジュールだけでも聞き出せないかときっかけを探した。

京都観光を中止にしたということは、このまま本国に帰るということだろうか。それとも別の土地を観光するつもりなのか。それをいかに自然に聞き出すかと思いながら口を開きかけた俺に先んじ、ナーヒドが喋り始める。

「どうも国が恋しくなってしまったようでね、今朝早く関空から専用機で帰国の途に着いた」

「……っ」

なんだと——？

思わず大声を上げそうになったのを、きゅっと唇を噛んで堪えた俺の前で、ナーヒドが輝くばかりの笑顔を見せる。

「年寄りはせっかちでいけないね」

「………」

やられた——その一言しか頭には浮かばなかった。やはりナーヒドにはすべてお見通しだったというわけだろう。

昨夜のうちに王の帰国準備を整えた上で、俺の自由を拘束し決して邪魔させないようにする。既に王は空の上——手の下しようがない、と俺は思わず目の前で悠然と微笑むナーヒドを睨み付けてしまっていた。

「どうした？　ユウ」

腹立たしいほどの余裕を見せながら、ナーヒドがまた一歩近づいてくる。

まったくもってしてやられた、と俺は彼を睨みながら、どうしたものかと頭を働かせていた。

王暗殺は確実に逃した。初めての黒星を喫したのはすべて、目の前にいるこの、金髪碧眼の王子のせいかと思うと腹立たしいことこの上ない。

林への言い訳に、父親の代わりに息子の首でも持参するか——依頼されてもいない殺人を林が喜ぶとも思えなかったが、このままでは俺の怒りの持って行き場がなかった。

殺してやる——意味のない殺人だと諌《いさ》める己の声が頭の中で響いていたが、その声に耳を傾けられぬほどに俺は激高してしまっていた。

じり、と両脚を踏みしめ、ベッドを回ってナーヒドに近づこうとする。と、ナーヒドは俺の身体から迸る殺気に気づかないのか、少しも変わらぬ笑顔のまま、彼もまた一歩を踏み出してきた。

「約束が違うと君が怒るのも無理はない。なので、どうだろう？　君を僕の国に招待したいと思うんだが」

その言葉を聞いた途端、彼への殺意は消えた。

「君とこうして出会ったのもアラーのお導きだと思う。君さえよければ是非、我が国に来てもらいたいんだ」

熱っぽく誘いの言葉をかけてくるナーヒドの青い瞳には、昨夜と同じく愉悦の光が宿っていた。

「どうだろう、ユウ。イエスと言ってはもらえないだろうか？」

ナーヒドが俺へと右手を伸ばし、じっと顔を覗き込んでくる。

「…………」

美しき湖面を思わせる青い瞳に、不遜に微笑む俺の顔が映っていた。

面白い——確かにナーヒドは俺の正体に気づいている。だからこそ彼は俺を王と会わせないよう工作し、挙げ句の果てには王を本国へと帰してしまった。

その上で俺を、彼の本国へと招こうというのは、紛《まご》う方《かた》なく俺への挑戦に他ならない。

随分と舐められたものだ、と思いながら俺もまた、にっこりと微笑み、ナーヒドが差し出した右手に己の手を重ねた。

「光栄です、ナーヒド王子。喜んで」

「おお、そうか。それはありがたい」

ナーヒドもまた、芝居がかった口調でそう言い、俺の手を握ると彼の口元へと持っていった。

「君の美しさ、君の淫らな身体の虜《とりこ》に僕はなってしまったようだ」

少しのリアリティも感じさせないナーヒドの愛の告白に、俺もまた少しのリアリティも含まない言葉で答える。

「おそれながら私もです。身も心も、あなたの虜になってしまったようです」

「…………」

ナーヒドが俺の言葉に満足げに微笑むと、俺の手の甲に唇を押し当ててきた。熱い唇の感触に、びく、と俺の身体が震えたが、それは性的興奮のためではなかった。

面白い――この挑戦、受けてやろうじゃないか。

武者震いともいうべき震えを感じながら右手をナーヒドに預け微笑む俺の胸には、そのとき生まれてこの方感じたことがないほどの昂揚した気分が溢れていた。

5

イドリース王同様、ナーヒド王子も関空から自国へと戻るということだったが、来日した際の専用機は王が乗って帰国してしまったため、急遽《きゅうきょ》新たな専用機が香港から飛んでくることになった。

イドリース王は世界中の空港に、数え切れないほどの専用機を所有しているとの話だった。なんでもその地その地の親しい友人が――多くは単なる『友人』ではないらしいが――いつでも思い立ったときに国を訪れることができるようにという王の配慮らしい。そんないつ来るかわからない『いつでも』のために、一機数億とも言われるジャンボジェット機を購入するとは、金持ちの考えることはわからない。

ともあれ、専用機を待ったおかげで俺とナーヒドは、王に遅れることほぼ半日後に日本を旅立ったのだが、パスポートなどを取り寄せるため――勿論本物ではない――組織に連絡を入れたときに、林《はやし》からは一度退くべきではないかという指示があった。遠隔地にいながら林もナーヒドの行動を訝《いぶか》ったようである。

『優《ゆう》、君が嫌だと言うのなら、断ってくれていいんだよ』

表向きは俺の勤める男娼クラブのオーナーを通して、林はそれを伝えてきたのだが、俺は「大丈夫です」と明るく答え、ナーヒドの作戦を逆に利用するつもりだという意志を伝えた。

今までの俺の戦績に黒星はない。狙った相手は必ず仕留めてきたという仕事への誇りが、罠と知りつつ俺をナーヒドの国へと向かわせていた。

男娼というふれこみで近づいたために、己の身体をこれでもかというほど自由にされたこともまた、俺の憤りに火をつけていた。

我を忘れて喘がされ、意識まで飛ばしてしまった事実を消し去るためには、黒星を白星に変じさせるしかない。その上彼は俺の能力を見くびり、自国に招こうというのだ。鼻をあかさずしてなるものかと俺がいきり立つのも当然といえるだろう。

見ていろ、と胸の内では怒りの焔を燃やしつつも、顔だけはにこやかに微笑みながら俺はナーヒドと共に専用機に乗り込んだのだが、さすがに行為にも飽きたのか、機上でナーヒドは俺の身体に手を伸ばしてくることはなかった。

触れることはなかったが、およそ八時間の空の旅の間、彼は何かというと俺に話しかけてきた。

「ところでユウ、君は海外を旅したことはあるかい?」

「ええ、まあ」

昨日まで俺は、正確に男娼『優』のプロフィールをなぞっていたが、偽者だとばれてしまっている――と思われる今、演技を続けるのも馬鹿らしいような気になっていた。

だからといって、自分のプロフィールを答えるのも何かと、適当にナーヒドの問いをはぐらかしながら会話を続けた。

「アラブ諸国には足を踏み入れたことはある？」

「いえ、ありません」

ひとつ仕事が終わるとボーナスと長期休暇が与えられるため、欧米の殆どの国には立ち寄ったことがあったが、アラブの国には行ったことがなかった。確か『優』もなかったように思うが、と馬鹿らしいと言いつつ一応気にしながら答えた俺に、ナーヒドが「そうか」とどこか嬉しげに微笑んでみせる。

「きっと満足のいく滞在を約束するよ」

「ありがとうございます」

俺にとっての『満足のいく滞在』は首尾良く王の命を奪い、国外に逃亡することだと思いながら、俺もまたナーヒドに向かいにこやかに笑みを返した。

「ところでユウ、立ち入ったことを聞いてもいいかな？」

「なんでしょう」

ナーヒドがシートから身を乗り出し、俺の顔を覗き込む。こうして前置きをされたということは、『答えたくない』というのもアリかなと思いながら問い返した俺に、ナーヒドの問いが発せられた。

「君はどうしてこの仕事をするようになったんだい？」

「………………」

どうしてだったかな――『優』のプロフィールは頭に叩き込んであったが、彼が男娼をするようになった理由などどこにも書いてなかった。おそらくきっかけは金だろう。それを答えてやろうかとも思ったが、ノーコメントが許されるならそうするか、と俺は無言で首を横に振ってみせた。

「答えたくない？」

「ええ、まあ」

答えたくないというよりは、答えようがないというのが正しかったのだが、曖昧《あいまい》に言葉を濁すとナーヒドは突っ込んだ問いをしかけてきて、俺を辟易《へきえき》とさせた。

「もしかしたらお金かな？　それとも、誰かに脅されているのか？」

「………………」

『優』の男は男娼クラブのマネージャーで、暴力団関係者だった。とはいえ彼がヤクザに脅されていたかどうかはわからない。

やはりノーコメントだなと思いつつ俺は口を閉ざし、俯いたのだが、ナーヒドがすっと手を伸ばしてきたのにはぎょっとし、思わず顔を上げてしまった。

「気を悪くしたのなら謝る。だが、もしも金や誰かから脅迫されて君がいやいやその仕事をしているのだとしたら、君を解放してあげたいと思った……それだけなんだ」

「あの……」

伸びてきた彼の手はしっかりと俺の手を握っていた。相変わらずひんやりとした掌《てのひら》の感触に、また俺の頭に『心の温かい人は手が冷たい』という俗説だか迷信だかわからない言葉が浮かぶ。

「どうだろう、答えてはくれないかな」

じっと俺を見据えるナーヒドの青い瞳が、機内の灯りをうけてきらきらとそれは美しく輝いていた。一体彼はどういうつもりでこんなことを言い出したのだと、彼の手を振り払うこともできず、俺は真っ直ぐにその美しい青い瞳を見返した。

二人言葉も交わさずただ見つめ合う時間が刻々と流れてゆく。

果たして『優』は自ら好んで男娼という仕事についているのか――なんとも答えようがないせいで俺は、今まで考えてもいなかったそんなことへと思いを馳せていた。

金で解決できるのなら解決してやるとナーヒドは言う。ヤクザを退けるのにも多分金を使うのだろう。

『優』はそれを望むだろうか。彼が無理矢理仕事をさせられているのだとしたら、ナーヒドの申し出に諸手を挙げて飛びつくのだろう。

だが俺は『優』ではないし――と思う俺の頭にふと、そのことはナーヒドも承知しているはずではないかという疑問が浮かんだ。

ナーヒドは俺が『優』の偽者であることを既に察知していると推察できる。その彼が敢えて俺に『どうしてその仕事につくようになったのか』と問いかけてきたということはすなわち、俺自身の『仕事』への問いかけだったのではあるまいか。

思い返してみれば彼は一言も『男娼』という言葉を使ってはいない。俺がどうして組織に雇われ殺し屋稼業につくようになったのか、彼はそれを聞きたかったのではないか——？

「ユウ。僕は君の力になりたいんだ」

黙り込んだ俺の手をナーヒドがぎゅっと握りしめる。もしも彼の問いかけが、そしてこの言葉が、俺自身に向けられたものだとしたら、それこそ余計なお世話だと怒鳴りつけてやりたいものだと思いながらも、面倒を恐れ俺は弱々しく首を横に振った。

「お答えしかねます」

「……そうか」

ナーヒドが心底がっかりした顔になり、俺の手を離す。彼の手の感触を失ったとき、俺の胸にはなんともいえない感覚が一瞬芽生えたが、それが何かを追求するより前に霧散していった。

「いつでも話す気になったら話してくれ。力が欲しいときには喜んで力を貸そう」

「……ありがとうございます」

相変わらず真剣この上ない顔で、ナーヒドが切々と訴えかけてくる。礼を言いはしたが、そんな日は一生来ないに違いないと俺は心の中で肩を竦《すく》めていた。

八時間ほどでナーヒドの専用機は彼の国の国際空港へと着陸した。ファーストクラスよりなお広く、なお座り心地のいいシートのおかげで、疲れは殆どない。

第二王子の帰国ということで、蛇腹の通路を通り降り立ったところには、一体何人いるのだと目を見張るほどのアラブ服を着た男たちがナーヒドを出迎えていて、共に降りた俺をぎょっとさせた。

「王子、お帰りなさいませ」

「うむ。出迎えご苦労」

一歩前に進み、ナーヒドに向かって恭《うやうや》しげに頭を下げてきた髭面《ひげづら》の男が、顔を上げるときにじろりと俺を睨み付けてきた。

「ザリーフ、紹介しよう。ユウだ。ユウ、彼がザリーフ。私が最も信頼している家臣の一人だ」

ナーヒドが紹介したにもかかわらず、ザリーフというその男の俺を見据える眼差しは厳しいままだった。

四十過ぎくらいかと思っていたが、よくよく顔を見るとまだ三十代前半のようである。髭に覆われてはいたが、非常に整った顔立ちの男だなと思いつつ俺は「よろしくお願いします」と頭を下げた。

「イドリース王はご一緒ではなかったのですか」

俺に申し訳程度の会釈を返したあと、ザリーフがナーヒドに問いかける。先に戻っているのではなかったのか、と俺は思わずナーヒドを見やったのだが、彼の答えにまたも、やられた、と唇を嚙んだ。

「父上はパリに寄られるそうだ。三日ほど帰国が遅れるということだった」

「さようでしたか」

ザリーフが頷《うなず》いたあと、またじろりと俺を睨む。何か言いたいことでもあるのかと俺も真っ直ぐに彼を見返したのだが、そのときナーヒドが俺の背を「さあ」と促し歩き始めた。

「殿下、宮殿に戻られますか」

「いや、私邸にしよう。いろいろと挨拶が面倒だ。まずはくつろぎたいからね」

「かしこまりました」

ナーヒドが足を進めるにつれ、アラブ服を着た男たちの人垣がモーゼの十戒《じっかい》さながら、ざっと割れてゆく。

「そうだ、シャフィークを私邸に呼んでくれ。客人を一人連れ帰った。我が国なりのやり方で歓待して欲しい。最高の歓迎の気持ちを伝えたいのだと」

「かしこまりました」

ナーヒドのすぐ後ろを歩いていたザリーフが恭しげに頭を下げると、彼の後に続いていた若者にアラブ語で数言囁いた。若者は大きく頷くと列を抜け、別方向に走り出す。

「シャフィークというのも僕の信頼する家臣の一人だ。君の世話は彼に任せようと思っている。なに、ザリーフと違い人当たりのいい男だから、心配することはないよ」

耳元でこそりと囁いてきたナーヒドに、俺は「そうですか」と返事をしかけたのだが、彼が話した言語が日本語であったことに気づき、驚いて顔を見やってしまった。

「どうした？」

「……いえ……」

あまりに流暢《りゅうちょう》すぎてかえって違和感を覚えないほどに、ナーヒドは日本語が堪能だった。

これだけ自在に日本語を操る彼に、『通訳』が必要なわけがない。やはりあの時点で彼は俺の正体を見抜いていたというわけか、と俺は彼が京都行きを命じたその日の朝のことを思い起こし、舌打ちしそうになった。

林が大事を取って、ナーヒドの前では不用意なことを話さなかったのは正解だったというわけだ。

彼が今俺に日本語で話しかけてきたのは、ザリーフが日本語を解さないためにこそここそ話は日本語でしようということだったのだろうが、そうして手の内を晒《さら》して見せるのはある意味俺への挑戦だと思えないこともなかった。

見てろよ——見くびったことを必ず後悔させてやる、と心の中で拳を握り締めながら、俺はナーヒドと共に空港を出、その場に待機していた大型のリムジンへと乗り込んだ。

空港を出てリムジンに乗るまでほんの一瞬外気に触れたが、さすが砂漠の国といおうか、むっとくる暑さが全身を包む。

「昼は灼熱、夜はおどろくほど寒くなる。風邪など引かないようにな」

リムジンの中は逆に肌寒いほどに冷房がきいていた。砂漠の国といいながらも、リムジンの窓から見える高層ビル群は日本の都心とそう雰囲気が変わらない。ビルの合間にモスク風の建造物が並んでいるところにかろうじて異国情緒を感じはしたが、緑溢れる街の様子は砂漠の国のものとは思えなかった。

だが市街地を抜け、しばらく走るうちに建造物は次第に少なくなり、やがて視界一面が、砂、砂、砂——どこからどこまでもが砂、という広大な砂地が現れた。

地平線が見えるほどに広大な砂漠の真ん中を、ハイウエイが一本走っている。陽炎が立ち上っているところをみると、外は一体何度くらいの暑さなのだろうと思いながら俺は、今更のように自分がおかれている状況の厳しさを自覚していた。

もしも今車から放り出されたとしたら、生き延びる術はないだろう。熱砂の中をそう何時間も歩けるわけもなく、あっという間に脱水症状を起こし倒れてしまうに違いない。

すべてにおいて綿密な計画を立て、注意深く行動することが必要となる——俺の仕事においてそれらのことは常に必要不可欠ではあるが、今回は特に考え深く動かねばと、気を引き締めている俺を乗せ、車はハイウエイを突っ走っていった。

それからまた小一時間走った頃、目の前にいきなり緑の楽園が現れた。

「これは……」

まさかこれが『蜃気楼』という物だろうか、と馬鹿げたことを考えてしまったのも無理のない話だとわかってほしい。果てしなく続く砂漠の中に突如としてジャングルと見紛う緑と、まるでアラビアンナイトにでも出てきそうな『城』が現れたのである。

実在するものではなく幻だと言われたほうが、余程信憑性《しんぴょうせい》があると思われるこの『城』が、先ほどナーヒドが言っていた彼の『私邸』であると知らされたのは、車が緑豊かなその建物の敷地内に入ったあとだった。

「ようやく到着した」

やれやれ、とのびをしながらナーヒドが開かれた車のドアより外に降り立つ。俺もまた運転手が開いてくれたドアから車を降りたのだが、目の前に開けた信じられない光景には、暫《しば》し呆然と立ち尽くしてしまっていた。

「おかえりなさいませ。殿下」

『城』のエントランスの前には、ざっと数えただけで三十名を超えるアラブの若者が控えていた。女は一人もおらず、すべて男――しみ一つない純白のアラブ服を身にまとっている、若いアラブ人の男たちがずらりと一列に並び、皆して低く頭を垂れていた。

「出迎えご苦労」

ナーヒドが笑顔で答え一歩を踏み出すと、空港のときと同じく純白のアラブ服がざざ、と後ろへと下がり、モーゼの十戒さながらに扉へと向けて一本の道ができた。

「おかえりなさいませ、ナーヒド殿下」

その道の先に一人たたずんでいた、やはり純白のアラブ服を身にまとった若い男が、恭しげに頭を下げる。

「おお、シャフィーク。遠路ご苦労だった」

ナーヒドがどこか弾んだ声を上げ、男に向かって足を速める。確かシャフィークというのはザリーフ同様、ナーヒドの腹心の臣下の一人だったか、と思いながら俺もまた、心持ち足を速めナーヒドのあとに続いた。

「シャフィーク、ユウだ。ユウ、彼がシャフィーク。滞在中君に極上の時間を約束してくれる男だ」

「それはプレッシャーでございますね」

ナーヒドの言葉に苦笑しているシャフィークという男は、ザリーフとはまるで雰囲気が違った。

かつて古代ギリシャやローマ、それに中国の宮殿では、『宦官《かんがん》』といわれる臣下がいたという。男であって男でない——早い話が去勢されていた彼らを彷彿《ほうふつ》とさせる雰囲気をシャフィークは有していた。

まさか去勢などされてはいないだろうが、生粋の男性という感じではないのだ。後に俺は彼が、紛う方なき男であることを知り得たのだが、女性的というよりは中性的な、不思議な空気を身にまとった男だった。

「はじめまして。シャフィークと申します」

彼はザリーフと違い、俺に笑顔で挨拶をして寄越した。

「はじめまして。ユウと申します」

礼儀には礼儀というわけで俺も、彼同様丁寧に頭を下げる。

肌が浅黒い者が多い中、シャフィークは白人のような白い肌をしていた。黒目がちの大きな瞳は酷く潤んでいて、じっと見つめられると、なんともおかしな気分になってくる。

「長旅でお疲れでございましょう。湯浴みの準備が整っております。さあ、こちらへ」

にっこりと微笑む唇は少女のように赤く、笑みと共に唇の間から零れる歯は美しい貝殻のように白く輝いている。なんとも雰囲気のある美形だなと思いながら俺は、ナーヒドに「いってくるがいい」と背を促されたこともあり、シャフィークのあとに続き宮殿の中へと足を踏み入れた。

「こちらです」

廊下の角を曲がるごとに俺を振り返り、そう声をかけてくる以外は、シャフィークは無駄なおしゃべりは一切しなかった。

外からみても充分広いと思われたナーヒドの『私邸』だが、実際は俺の想像を超えるほどの広さで、方向感覚には自信があるはずの俺も、何度も廊下を曲がるうちに今どの方向を向いて歩いているのかがわからなくなっていた。

「こちらです」

ようやく到着したそこは、部屋というよりは広大なホールに見えた。円形の部屋の四方向にドアがついている。

シャフィークは俺をそのホールのほぼ中心へと導いたのだが、その途端、二つのドアが開き、ばたばたと男たちが駆け込んできたのに、俺は何事だと思わず身構えてしまった。

入ってきた男たちはどうも使用人らしかった。皆白いアラブ服を着ており、手にはタオルやら籐の籠やらを抱えている。

「こちらでお着替えをしていただきます」

なんだ、と心の中で安堵の息を吐いた俺に、シャフィークが優雅に微笑みながら、深く頭を下げて寄越した。

「はい？」

着替えというのはどういうことだ、と眉を顰《ひそ》めていると、シャフィークが顔を上げて説明を始める。

「この城にご滞在なさるにあたりましては、異国より身につけていらしたものはすべてお脱ぎいただく決まりになっております。古《いにしえ》より伝わります決まり事でございますので、どうかご了承くださいますようお願い申し上げます」

「…………」

腰低く、だが決して拒絶させぬようきっぱりと告げてくるシャフィークを前に、いよいよ始まったかと思う俺の顔には笑みが浮かんできた。

「わかりました。決まり事でしたら従いましょう」

おそらく『古よりの決まり』などないのだろう。俺が武器や発信機を保持していないか、確かめたいだけだと思われる。

実際武器は持っておらず、発信機は日本を出るときに捨ててきた。こうした身体検査があるだろうと踏んだためだったが、俺の読みは当たったらしい。

武器は相手から奪う。連絡は組織の方から取ってくれよう。連絡がない場合は自力でこの国を逃げ出すまでだった。

そこまで腹をくくっていた俺が、今更身体検査――もとい、『古よりの決まり』ごときに臆するわけがなかった。

「ここで脱げばよろしいのですね」

「はい」

俺の問いにシャフィークが頷いたとほぼ同時に、大きな籐の籠を抱えていたアラブ人の若者が跪《ひざまず》き、籠を俺に差し出してくる。この中に脱げということかと上着から順番に次々と服を脱ぎ捨てていった。

燦々《さんさん》と陽が降り注ぐ広いホールの中、全裸になれと命じる方も命じる方なら、乗る俺も俺だと思いながら下着から靴から全てを脱ぎ去る。

「ああ、この服はナーヒド王子に買っていただいたものですので、お返しいたします」

そういえば、と思いついて俺がそう言うと、シャフィークはにっこりと目を細めて微笑み、首を横に振ってみせた。

「いいえ、これらはすべて、あなた様がこの国を出られるときに、お返し申し上げます」

「………」

別に返してもらう必要などないし、俺がこの国を出るときには王暗殺の報にてんやわんやの騒ぎになっていてそれどころではないだろう。

そう思いはしたが、口に出すことは勿論なく、ただ「おそれ入ります」と頭を下げた俺の手を、シャフィークが遠慮深く取った。

「失礼いたします。それではこちらにお進みくださいませ」

シャフィークに手を引かれ、扉の一つへと進んでゆく。自動ドアでもないだろうに、俺たちが近づくと扉は内側へと開かれ、それなりに俺を驚かせた。

「ここは……」

半裸のアラブ人たちが深く頭を下げて控えている。彼らの横にはリゾートホテルのプールかと見紛う大きな浴槽があった。

「こちらで湯浴みをしていただきます。お身体は彼らが、すみからすみまで清めさせていただきます」

「……そうですか」

俺の仕事の報酬は決して安価ではない。それなりの贅沢を知らなくはなかったが、石油に潤うアラブの国の富裕さは、俺の想像の範囲を超えていた。

砂漠のど真ん中に佇むこの宮殿――ナーヒドは『私邸』だと言っていたが――にも充分驚かされたが、中には倍以上の驚きが俺を待っていた。

このプールにしか見えない場所が『風呂』であり、入浴には十名を超える召し使いが傅《かしず》き、客人の――俺の身体を洗うというのである。

これが『古よりの決まり』であるのか、はたまたこの国の王族にとってのスタンダードなのか、まるで判断がつかないと呆然としていた俺の前で、それまで傅いていた二人のアラブ人が立ち上がり俺の手をそれぞれに取った。

「彼らは英語を解します。それではお済みになられました頃にまたお迎えに上がります」

シャフィークが恭しく頭を下げ、踵《きびす》を返してドアを出てゆく。

「どうぞ、こちらへ」

俺の手を取ったアラブ人の若者が、綺麗な発音の英語でそう言い、にっこりと黒い瞳を細めて微笑んだ。

まだ少年といってもいい華奢な身体つきをした彼らの顔は、全員が全員、驚くほどに整っていた。

もともとアラブ人には顔立ちの整った者が多いのか、はたまたナーヒドの許で仕えるには容姿の審査などが施されるのだろうかと感心していた俺の手を引き、彼らはプール張りの浴槽へと俺を導くと、それは懇切丁寧にシャフィークが言ったように『すみからすみまで』俺の身体を洗ってくれた。

浴槽から上がると、香油のようなものを全身に塗り込められたが、それには金粉が混ぜ込んであった。豪勢にもほどがあると思いながら、少年召使いたちに導かれ、浴室を出たところにはシャフィークが待っていて、傍らのアラブ人召使いに持たせていた服を俺に示してみせた。

「どうぞお着替えを」

と、また召使いたちがわらわらと俺の周囲に集まってきて、俺にその黒色の服を着付け始めた。

用意されていたのは、黒い男物のアラブ服だった。黒といっても地味というイメージはまるでない。裾やら袖口やらに金糸銀糸が縫い込まれ、飾りとして青やら赤やら緑やらの石が埋め込まれている。

まさかと思うがルビーやサファイヤ、それにエメラルドとでもいうのではあるまいなと俺が目を見開いているうちに、優秀な召使いたちは俺にズボンのようなものを穿かせ、きらびやかな装飾の施されたアラブ服の上着を着せ終わった。

ぴっちりと喉元までフックをしめられたあとには、ベールのようなものまでかぶせられてしまった。服は男性用のものだが、ベールはどうもシャフィークや、それにナーヒドがいつもかぶっている丈の短いものではなく、女性用のもののようである。

このベールの縁もまた、金糸銀糸での刺繍とあり得ないほどの宝石がちりばめられた豪華なものだった。裾を引きずるほど長いそのベールはそれらの装飾でずっしりと重く、顔を上げるのに違和感を覚えるほどだった。

少年召使いたちが退室して行こうとする。彼らの背に俺は「眼鏡を」と声をかけた。召使いの一人が足を止め、俺ではなくシャフィークを振り返る。

「眼鏡がなければご不自由でしょう。お渡ししなさい」

シャフィークがそう言うと、少年は深く頭を下げ、踵を返して浴室へと引き返してゆくと、手に俺の眼鏡を持ち駆け足で戻ってきた。

「どうも」

礼を言うと、少年召使いは深々と頭を下げ部屋を出ていった。やれやれ、と思いながら眼鏡をかけ、シャフィークを見る。

「よくお似合いでございます」

シャフィークが世辞に違いない言葉を口にし、艶やかに微笑んでみせる。

「……少しベールが邪魔なのですが」

世辞に礼を言うのも、「そんなことはない」と謙遜するのも無駄かと俺は顔に落ちてくるベールをはねのけながら、今抱いている不満を口にしたのだが、シャフィークは「それは殿下からの贈り物ですので」と笑顔で頷いただけでそれ以上は何もコメントしなかった。

「どうぞこちらへ。殿下がお待ちです」

軽く会釈をし、俺の前に立って歩き始める。まったく主以外の言うことは耳にも入らないというわけかと俺は、アラブ服の裾を引きずりながらシャフィークのあとに続き、長い長い廊下を進んでいった。

時間にして五分は歩いたのではないかと思う。何度も角を曲がりすぎて、またも俺は方向感覚を失ってしまっていたのだが、どうやら建物の中心部らしい部屋の、一人では動かすことなど不可能なのではないかと思われる、大きくそして重そうな鉄製の扉の前へと到着した。

シャフィークが足を止めたと同時に、俺たちの後ろにぞろぞろとついてきていた召使いたちが一斉に俺たちの前に出ると扉へと近づいてゆき、息を合わせてその鉄製の扉を観音開きさながらに左右に開く。

重厚な音を響かせ、開いた扉の向こうには、一体どのくらいの広さがあるのかと思わせるホールのような部屋が拡がっていた。

「思ったとおりだ。さあ、近くでもっと顔を見せてくれ」

部屋の中央に佇んでいたナーヒドが満面の笑みを浮かべ、俺に向かって両手をさしのべてくる。自分が近寄るのではなく、俺に歩み寄れというのかと密かにカチンときたのだが、「どうぞ、お進みください」とシャフィークに促されたこともあり、真っ直ぐに彼へと向かっていった。

「漆黒のヒジャーブがよく似合う。スーツも勿論似合っていたけれどね」

「ありがとうございます」

ヒジャーブというのは確か、女性用のベールの名称だったように思う。それを『似合う』と言われたのはなんとなく馬鹿にされているような気がしたが、むっとしてみせるのも大人げないかと頭を下げた俺を、ナーヒドは更に『女』扱いするような行動に出始めた。

「これも君に似合うと思うのだが、つけてもらえないかな」

そう言いながら彼が差し出してきたのは、明らかに女性ものと思われるピアスだった。大ぶりのサファイアが、おそらく二十四金と思われる台座に埋め込んであり、砂漠の砂でもイメージしたのか、シャラシャラと音がする細い金鎖が幾本も下がっている。

ピアス穴など開けていないために、いらないと拒絶しようとしたのを見越したように、ささ、とシャフィークが近づいてきて俺のすぐ傍らに立った。

「ただ今、ご準備いたします」

「準備って……」

　まさか、と俺が問い返そうとしたのとほぼ同時に、部屋のドアが開き、数名のアラブ人が部屋に入ってきた。

「それではお願いする」

　ナーヒドが声をかけたのを合図に、彼らが俺を取り囲む。有無を言わせぬというのはこういう状態を言うのだろう。その場で俺は耳に穴をあけられ、贈られたサファイアのピアスを早速つけさせられてしまった。

「よくお似合いです」

　シャフィークが俺を見てにっこりと微笑み、ナーヒドを振り返る。

「本当によく似合う」

　ナーヒドもまた満足げに微笑んでいたが、それは自分のセレクションがよかったという自画自賛の言葉ともとれた。

「ありがとうございます」

　勝手にピアス穴を開けられるなど冗談じゃないとは思ったが、ずしりと重いこの宝石はおそらく時価数千万はするだろう。礼くらいは言っておくかと頭を下げた俺は、次の瞬間には謝意を示したのを後悔することになった。

「だが惜しむらくは眼鏡だな。外してもらえないだろうか」

「申し訳ありませんが、それはできかねます」

眼鏡を外せと強要するとは、なんたる不遜な、という憤りを感じたが、この眼鏡もまた俺が『他国』から持ち込んだものであるからか、と気づいた。

発信機や通信機でも仕込んでいると思っているのだろうか。いくら技術が発達しているとはいえ、普通に考えてこのフレームのみの眼鏡では無理だろう。

調べるなら調べてみろとでも言ってやろうかと思っていたが、続くナーヒドの言葉には、逆に言葉を失うこととなった。

「その眼鏡には度が入っていないだろう？　外しても何も不自由はないと思うが」

見抜かれていたのかと驚きに目を見開いた俺に向かい、ナーヒドが「さあ」と手を伸ばしてくる。度が入っていない眼鏡を外せと命じられて外さずにいて、痛くもない腹を探られるのもつまらないかと、俺は素直に眼鏡を外しナーヒドへと手渡した。

すかさずシャフィークがナーヒドの手から眼鏡を受け取る。

「美しい瞳をガラス越しに見るなど、愚の骨頂だからね」

「……はあ……」

にこ、とナーヒドが微笑みかけてくる。リアクションに困り曖昧な返事をした俺に、ナーヒドは更に目を細めて微笑むと、「さあ」と俺の背に腕を回し扉へと向かって歩き始めた。

「疲れただろう。まずは部屋でくつろいでくれ。何か飲みたいものはあるかい？　アルコール類がいいか、それともソフトドリンクがいいか」

我が国は飲酒にそう目くじらを立てぬのだと笑い、ナーヒドが俺の顔を覗き込んでくる。

「どうぞおかまいなく」

たいして喉が渇いているわけではなかったので、遠慮ではなく俺はそう断ったのだが、ナーヒドは端から俺の話など聞いてはいなかった。

「シャフィーク、飲み物を用意してくれ」

肩越しに俺たちのあとに続いたシャフィークに短く命じ、また前を向く。

「かしこまりました」

「…………」

だからいらないと言っているだろうと俺が呆れていることになど気づきもせず、ナーヒドは長い廊下を足早に進んでいき、またも五分ほど歩いたあとようやく大きな扉の前で立ち止まった。

「ユウ、ここが君の部屋だ」

ナーヒドがそう言ったかと思うと、背後に控えていた二名の召使いが前へと出てきて扉を開いた。

「……これは……」

目の前に開けた光景に、さすがの俺も驚きの声を上げてしまった。

豪奢という言葉では尽くせないほどの、豪勢を極めた部屋だった。広さは五十畳ほどあるのではないかと思われる。部屋の中心にはプロレスのリングより大きいのではと思われる天蓋《てんがい》付きのベッドが置かれており、他には応接セット、パソコンの乗った書き物机、それにバーカウンターまでがある、なんともいえない空間が俺の目の前に拡がっていた。

室内に置かれた家具や絵画、美術品などは、一見しただけでさぞ高価、かつ歴史と伝統を感じさせる重厚なものだとわかるのだが、それよりも俺の目を引いたのは、ドアの正面にある大きな窓から見える外の景色だった。

カーテンの開かれた窓の外には、広大な砂漠が拡がっていた。遠くに数頭のラクダの影が見える。その砂漠を臨む窓枠のすぐ向こうには、青々とした緑の木々が植わっているのである。

木々の緑越しに砂漠を眺めることができるのは、おそらくこの緑が人工的に作られたものだからだろう。

そういえばイドリース王は、プライベートのゴルフ場建設のために、海水を淡水化するプラントを数台購入するという話だった。多分この宮殿――もとい、ナーヒドの私邸も同じようなプラントで淡水をつくり、砂漠の真ん中に緑溢れる楽園を作り出したと思われる。

一体いかほどの金をかけてプラントを購入したのか、そしていかほどのランニングコストがかかっているのか。さぞ莫大な金だろうと思うと、本当に桁《けた》外れの金持ちの考えることはわからないと呆れてしまう。

「気に入ってもらえたかな？」

ナーヒドがにこやかに微笑みながら問いかけてきたのに俺は、勿論『呆れた』などという感想は述べずに「はい」と笑顔で頷いた。

「それはよかった。どうかゆっくりくつろいでくれ」

端整なナーヒドの顔に笑みが拡がり、それは晴れやかな笑顔になる。まさか俺が『気に入った』と言ったからかと、彼の表情の変化に俺が引いてしまったそのとき、

「失礼いたします」

遠慮深いシャフィークの声が入り口から響いてきて、俺の注意は彼へと逸れた。

「飲み物をお持ちしました」

「ご苦労」

恭しげに頭を下げるシャフィークを、ナーヒドは軽く労《ねぎら》っただけだったが、俺はそんな彼の横で、一体何が起こっているのかと呆然としてしまっていた。

というのも、シャフィークの背後から次々と現れる召使いが盆の上にありとあらゆる飲み物を載せ、次々と部屋に入ってきたのである。

確かナーヒドはシャフィークに、『飲み物を頼む』という指示を与えていたと記憶している。

『何』と具体名を上げなかったその結果がこれか、と俺は次々とバーカウンターの上に並べられてゆく様々な銘柄、様々な種類のジュースや酒、水、それにコーヒーメーカー、ティーポッ

トなどをただただ呆れながら見つめていた。

「彼らのうち数名を部屋に残してゆく。英語が通じるから身の回りのことでもなんでも命じてくれ」

さも当然のことを告げるかのようにナーヒドはそう言うと、「それでは」とアラブ服の裾をはためかせ、部屋を出ようとした。

「すみません」

召使いを数名残してゆくなど、監視でもさせようというのだろうが、見張られて困ることなど何もないとはいえ、実際動く段になれば彼らの存在は邪魔になろう。早いところ断っておくに限る、と俺はナーヒドの背に声をかけたが、

「ああ、そうだ」

そう言い、立ち止まったナーヒドは、俺の話を聞くつもりは一ミリたりとてなさそうだった。

「夜に君の歓迎パーティを開く。この地への滞在を少しでも楽しんでもらえるよう、趣向を凝らすつもりだ」

「パーティ？」

今度は何を言い出したのだ——？　召使いを断ろうとしていたことがうっかり飛んでしまったほどの衝撃に、俺が思わず大きな声を上げたときにはもう、ナーヒドの背は扉の向こうに消えていた。

「……な……」

召使いの少年が恭しげに頭を下げながら、二人がかりで部屋のドアを音を立てぬように閉めたおかげで、視界が遮られる。

「殿下のご説明にもありましたが、どうぞなんなりと彼らにお申し付けくださいませ」

部屋に残っていたシャフィークもまた、深く頭を下げたあと、召使いたちが再び開いた扉の向こうへと消えていった。

「………」

部屋の中にはドアの前に二人、バーカウンターに二人、ベッドサイドに二人、合計六名の使用人が、じっと黙って佇んでいる。

まったくもって冗談じゃない、と溜め息をつきかけた俺だが、六名の召使いたちの視線が一斉に集まるのを感じ、漏らしかけた溜め息を堪えた。

身の回りの世話を頼めということだったが、要は体よく見張りをつけられただけである。まったくもう、と心の中で悪態をつきながら俺は、さてこれから何をしようかと広い室内をぐるりと見回した。

と、俺の視線を追うように使用人たちの視線が一斉に俺の見る方向へと向かっていく。それを肌で感じ、うざったいことだと心の中で肩を竦《すく》めると、彼らの目を遮れる場所を求めて再び部屋を見回し天蓋付きのベッドへと目をとめた。

ベッドには一応カーテンのような幕が下がっている。何をするにも一挙一動見られているというのなら、体力温存するためにも寝ておくか、とベッドへと向かおうとすると、なんと少年召使いたちがわらわらと寝台へ向かって駆け寄ってきて俺をぎょっとさせた。

二人の少年が天蓋の幕を手で持ち上げ、別の二人が俺の前後に立ち、ベールを外す。至れり尽くせりにもほどがあると思いながら、彼らに一応の礼を言い寝台へと上がると、今度は幕を持ち上げてくれた召使いたちが、寝台に立てかけてあった背の高い羽根扇を手に取り、ゆったりとした速度で寝台を扇ぎ始めた。

「…………」

やはりアラビアンナイトの世界だ――呆れるというよりは驚愕が勝っていた俺は暫し呆然と、無表情のまま淡々と羽根扇を動かす少年召使いたちを見つめてしまっていた。

これがこの国の――ナーヒドの日常であるのか、はたまた就寝中も俺を見張れという指示が出たためなのかはわからない。見張りたければ見張るがいいさと俺は寝台の上で寝返りを打ち目を閉じた。

何人がかりで見張られようが、頭の中までは覗けるわけがない。イドリース王の帰国は三日後だというが、いかにして王に近づくか、その作戦を練ろうと考えを巡らせる。

帰国時間をなんとかして調べ、空港で狙うという手もあるな、などとさまざまな可能性を考える俺の頭にふと、機内で俺の手を握りしめながら囁いてきたナーヒドの声が浮かんだ。

『ユウ。僕は君の力になりたいんだ』

あれは一体なんだったのか――彼の真摯な口調が、熱っぽい眼差しが、俺の脳裏に蘇《よみがえ》る。

彼が俺に力を貸せるとすれば、王の帰国時間を教えてくれることくらいだ、と心の中で悪態をつき、またごろりと寝返りを打ったのだったが、なぜか幻のナーヒドの瞳はなかなか頭から去ってはくれず、暫くの間俺は美しい彼の瞳の残像に悩まされることになった。

6

ナーヒドはその夜俺の歓迎パーティを開くと言っていたが、そう大仰なものではないと思っていた。

それが実際夜になり、シャフィークに連れられパーティ会場に出向いた俺は、その場にいた軽く百人は超える着飾った男たちを前に言葉を失ってしまった。

「おお、来たか」

数名の客と談笑していたナーヒドが、呆然としていた俺を見つけて声をかけてくる。

「パーティの主役の登場を皆、今や遅しと待っていた。さあ、こちらへ」

歩み寄ってきたナーヒドに手を引かれ、早速先ほどまで彼が話していたアラブ人の男に紹介された。

「日本で出会った僕の美しい友人だ。ユウ、彼はこの国の財務大臣、ムルシドだ」

「はじめまして。ユウ様。ご来訪を心より歓迎いたします」

「……ありがとうございます」

なにが『友人』だと思いながらも俺は、恭しい態度で頭を下げて寄越した財務大臣に向かい

頭を下げ返す。

その後もナーヒドは次々と俺を招待客に『友人』と紹介して回りながら、俺に飲み物や食べ物を勧めたが、大勢の客といい手の込んだ料理の品々といい、とてもこのパーティが今日の今日、開催が決まったものとは思えなかった。

なので俺はナーヒドに、もともとのパーティの趣旨はなんだったのだと尋ねたのだが、ナーヒドにあっさりと「君の歓迎パーティだと言ったじゃないか」と呆れられ、驚きを新たにしたのだった。

「まさかご帰国されてからこれらの準備をなさったのですか？」

「ああ、急な話だったものだから、規模が随分小さくなってしまった」

申し訳なかったね、と白い歯を見せて微笑まれたのには思わず、どこが小規模だと俺は心の中でツッコミを入れてしまっていた。

やはりアラブの王族は俺の理解を遥かに超える思考と行動力の持ち主である。自らの常識を捨ててかからねば足下をすくわれるかもしれないと、緊張感を新たにしていた俺の横では、ナーヒドがにこにことお気楽にも見える表情で微笑んでいる。

今にそんな笑みなど浮かべられないようにしてやる、と密かに息巻きながら、表面上は俺も微笑みを浮かべ、次々と挨拶にやってくる客と言葉を交わしていた。

そのうちに余興だということで、音楽の演奏とアラブの民族衣装を身にまとった男女の踊りがホールの中央で始まった。俺に見せるためだということで、俺は一番前にセッティングされた長椅子にナーヒドと並んで腰掛け、独特の弦楽器や珍しい打楽器が奏でる、節があるようでないような音楽に合わせて踊るダンサーたちを眺めていたのだが、ふと人の気配を感じ振り返った。

人波をかき分け、俺たちへと近づいてきていたのは、空港でナーヒドを出迎えたザリーフというアラブ人だった。ナーヒドもまた俺の視線を追い彼に気づいたようで、「なんだ」と小さく呟いている。

「殿下、ご報告申し上げたいことが」

あっという間にすぐ背後に近づいてきたザリーフが、ナーヒドの傍らに跪き小さな声で囁いた。

「なんだ」

「ここでは少し……」

問い返したナーヒドにザリーフは、ちら、と俺を見たあと言葉を濁す。

「構わない。述べよ」

ザリーフとしてはナーヒドに席を立たせたかったようだが、ナーヒドにそう言われてはその場で報告せざるを得なくなった。おかげで俺もそのつもりはなかったにもかかわらず、ザリーフの『報告』を耳にすることができたのだった。

「実はお母上様のご容態が思わしくなく……」

「なんだと？」

ナーヒドが目を見開く。彼の顔からみるみる血の気が引いてゆく様を見ながら俺は、『お母上様』とはかつてハリウッドで人気を博していた、確かマリア・ジェファーソンという女優だったかと彼女の顔を思い起こしていた。

イドリース王に見初《みそ》められたのが彼女が三十二歳のとき、それからすぐナーヒドが生まれたというから、今はまだ五十五、六だろう。

『容態が思わしくない』ということは病の床に伏しているということだろうかと眉を顰めた俺を、ザリーフがじろりと睨んでくる。人の話に聞き耳を立てるとは何事だといわんばかりの彼の態度に、聞こえるものは仕方あるまいと思いながらも、俺は面倒を恐れ目の前のダンサーたちへと視線を移した。

「思わしくないとはどういった状態なのだ」

だが目を逸らしたところで耳を塞げるわけではないので、相変わらずナーヒドとザリーフの会話は聞こえていた。二人の声には緊張と動揺がこれでもかというほどに滲んでおり、それを聞く俺までもが酷く息苦しいような思いに陥ってしまった。

「詳しいことは何も。ただ、すぐにお越しいただきたいとのことでした」

「わかった。すぐ参ろう」

ナーヒドの堅い声が響いたと同時に、ぽん、と肩を叩かれ、俺は彼へと視線を戻した。

「歓迎の宴の最中に申し訳ないが、出かけなければならなくなった。僕はこれで退出するが、君は心ゆくまで楽しんでくれ。一人でいるのは退屈だろうから、シャフィークを供につけよう」

「……どうぞおかまいなく」

目に飛び込んできたナーヒドの顔が、紙よりも白かったことにぎょっとしたあまり、うまい受け答えの言葉が出てこず、随分と素っ気ない返事になってしまった。見舞いの言葉のひとつも述べたほうがいいだろうかと思ったのは、ザリーフの目を気にしてのことだったのだが、俺が口を開くより前にナーヒドは青い顔のままにこりと笑い、俺の肩を再び叩いた。

「暫くは戻れないかもしれない。あとのことはシャフィークに頼んでおくから。本当に申し訳なかったね」

「申し訳ないことなど何もありません」

無理に笑みを浮かべているからだろう、ナーヒドの頰はぴくぴくと痙攣《けいれん》していた。なぜに無理をするのか、理解不能だと思いながら俺はそう答えたのだが、ナーヒドはそれでも再び「申し訳ない」と謝罪の言葉を口にすると、音もなく席を立ち、周囲の驚いた視線を避けるよう俯いたまま、足早にホールを出ていった。

ホール内は少しざわめいたが、音楽と踊りがまた人々の関心を集めたようで、ナーヒドの不在を追及する者はいなかった。

俺はつい、ナーヒドがホールを出ていくところまでを振り返って見つめてしまっていたのだが、疾風のように会場をあとにする彼の姿に、それほど焦っていたのかと改めて知らされ、なんともいえない思いに陥った。

焦っているのなら、とっとと立ち去ればよかったのだ。それを何度も謝ったり、自分が退出したあとのことを気にしたりする、彼の心理がわからない。

まったく馬鹿じゃないのか——と思っているはずであるのになぜか俺の脳裏にはナーヒドの、引きつった笑顔がいつまでも残っていた。

彼のあんな表情は初めて見た。俺の知るナーヒドはどの場面《シーン》でも常に余裕をかましていた。小憎らしいほどに落ち着き払っている彼の鼻をなんとかあかしてやろうと思っていたはずなのに、実際衝撃を受けている彼を目の当たりにしても俺の胸には不思議と少しの爽快感も湧き起こって来ない。

彼に衝撃を与えた原因が俺ではなかったからだろう——そう己の心に説明をつけはしたものの、なんとなくもやもやとした気持ちは胸の奥に残っていた。

ナーヒドを動揺させたのは、母親の病だった。やはり肉親の情というのは何ものにも勝るのだろうと人ごとのように考えている俺に『肉親』の記憶はない。

僅かに残っている、記憶とも呼べない断片は、俺の頬を包んだ父か母の掌の温もりだった。懐かしむこともできないほどの微かな記憶だというのに、未だに時折夢に見ることがあるというのも、我ながらよくわからない話だ、と思う俺の頬にはそのときもあの、懐かしい温もりが蘇っていた。

俺の頬を包むひんやりとした冷たい手——いや、違う。この感触は、父や母ではなく、ナーヒドの掌だ、と気づきはっとなる。なんだって彼の手を思い出さなければならないのだ、と一人苦笑してしまった俺は、背後から小さく声をかけられ、ぎょっとして振り返った。

「いかがです？　退屈してらっしゃいませんか？」

「…………」

いつの間にかシャフィークが俺の背後に近づいてきていたのに、まったく気づかなかったという事実に俺は衝撃を受けていた。

確かに考え事をしてはいたが、それで周囲に気が配れぬようでは俺の職業はつとまらない。となるとこのシャフィークが気配を殺していたということだろうが、この優しげな顔をしたナーヒドの家臣にそのような技が身についているのは驚きだった。

やはり油断は禁物ということか、と思いながら俺は瞬時にして笑顔を作り、「はい、楽しませていただいています」と頷いてみせた。

「何か飲み物でもお持ちしましょうか」

「……そうですね」

たいして喉は渇いていなかったが、このままシャフィークに傍《そば》に控えられているというのも

なんとなく居心地が悪い。それなら飲み物でも頼もうかと思い頷くと、

「かしこまりました」

シャフィークは優雅な仕草で頭を下げ、少しも足音のしない歩き方でその場を立ち去っていった。

「………」

身のこなしにも隙というものがない。もしやかなりの腕を持つ武道家かもしれないと思いながらシャフィークの背を目で追っていたのだが、今度ははっきりと横から俺へと近づいてくる男の気配を感じ、その方へと視線を向けた。

「失礼、少しお時間を頂きたいのだが」

俺の傍らに立ち声をかけてきたのは、先ほど財務大臣と紹介されたムルシドだった。

「なんでしょう」

「まずはこちらへ」

財務大臣がなんの用だと眉を顰めた俺の手を、ムルシドが強引に取って立ち上がらせようとする。

「あの」

何事だとその手を振り払おうとした俺の耳元に口を寄せ、ムルシドが囁いてきた言葉に、そういうことかと納得し俺は立ち上がった。

「ミスター林から連絡を受けている。至急打合せたいのだ」

「わかりました」

なんと、組織に王暗殺を依頼したのは財務大臣だったのかと、俺は内心の驚きを隠し立ち上がると、足早に進むムルシドのあとに続いた。

ホールを出るときに一応背後を振り返ったが、シャフィークが追ってくる気配はなかった。

ムルシドは俺を連れてエントランスを出ると、待機していた車の後部シートに俺を先に乗せ、隣に乗り込んできた。

「三十分ほどドライブに付き合ってもらう」

ムルシドはそう言ったきり、口を閉ざしてしまった。どこへ向かおうとしているのか俺にわかるわけもなく、まあなるようにしかならないかとシートの背もたれに身体を預ける。このムルシドがクライアントではなくナーヒドの命で動いている可能性もありうるかと、彼に背を向け何も見えない真っ暗な車窓を眺めながらも、俺は緊張感を高まらせていた。

砂漠の中を走ること三十分あまり、建物の遠影がぼんやりと見えてきた。ナーヒドの私邸よりも随分と規模の小さな建物だが、それでも充分立派な佇まいらしい。灯りがまったく外に漏れておらず、外観がシルエットでしかわからないような状態だったが、それなりに大きな門構えの邸宅であることくらいはわかった。

「こちらだ」

到着を待っていたように門が開いて俺たちの乗る車を敷地内へと導き入れ、車が入るとすぐに門は閉ざされた。随分大仰な警備だなと感心していた俺に、ムルシドは短く声をかけ先に車を降りた。

俺も彼のあとに続いて車を降り、屋敷の中へと足を踏み入れる。規模はナーヒドの私邸に劣っていたが、内装は甲乙つけがたい——いや、金がかかっているという点ではこの屋敷が勝っていた。

壁にかかっている絵も、置かれている置物も、皆見覚えがあるといってもいいほど、メジャー、かつ高価なものばかりである。贋作やレプリカには見えず、多分本物だろうと思うのだが、果たして本物がここにあっていいのかと思われるほど有名な作品ばかりが展示されていた。

玄関から長い廊下を進み、階段を上って最上階——三階の角部屋の前へとムルシドは俺を導いたあと、重厚な雰囲気のある木製の扉を恭しげにノックした。

「失礼いたします。例の者をお連れしました」

小さくドアを開き、ムルシドが中にそう告げる。

「入れ」

どこかで聞き覚えがあるようなないような、男の声が中から響いてきた。

「さあ」

ムルシドが扉を開いて中へと入り、俺にも続けと肩越しに振り返って目で合図する。中では果たして誰が俺を待っているのか――人並みの好奇心は持ち合わせているため、クライアントとの対面を楽しみに思いつつ部屋に足を踏み入れた俺は、薄暗い部屋の中、ドアを向いて置かれた椅子に腰掛けているアラブ服の男の顔を見ようと目を凝らした。

「近づいてかまわない」

カフィーヤというスカーフの、横に流れる布の部分で顔を覆っている男の声は、まだ若かった。やたらと聞き覚えのある声なのだが、と思いつつも俺は「さあ」と再びムルシドに促され、男へと近づいていった。

「そこに座るがよい」

英語であるから単なるニュアンスなのだが、どうも男のしゃべり方は酷く仰々しく感じる。もしや、と思い、よくよく顔を見やった俺は、予想もしていなかった王暗殺のクライアントの正体に、あ、と声を上げそうになった。

資料の写真でしか見たことはないが、おそらく俺の目の前にいるのはイドリース王の長男、スウード皇太子に間違いない。

実の息子が――しかも後継者である息子が、王である父親の命を狙う理由がわからない。イドリース王は非常なる艶福家ではあったが国民からの信望は厚く、今現在この国は特にクーデターが起こるような政治情勢ではなかった。

スウードは正式に『皇太子』の位についており、何年先かは知らないが確実に国王になることは決まっている。なのになぜ、実の父親を殺す必要があるのかと内心首を傾《かし》げつつ俺は示された椅子に腰掛け、改めて目の前のスウードの顔を見やった。

「何か飲むか」

座らせたものの、話の切り出し方を迷ったらしいスウードがそう声をかけてきた。

「いえ、結構です」

殿下、と呼びかけようかと迷ったが、警戒されても面倒だと俺はそれだけに留め、「それでお話とは」と話題を振った。

「……イドリース王の正式な帰国日時がわかった」

暫くの沈黙の後、スウードが口を開いた。さすが兄弟とも言おうか、ナーヒドによく似た声が酷く上擦っている。

薄暗いために彼の表情ははっきりとは見えないのだが、それでも緊張に顔を強張らせているらしいことはわかった。

「いつなのです?」

殺し屋を前に緊張しているのか、はたまた実の父親を手にかけることへの罪悪感に――まあ、実際手を下すのは俺なのだが――責め苛《さいな》まれているからなのか。罪悪感があるくらいなら暗殺など企てなければいいものを、などとくだらない考えが浮かんでくるのを押し戻し、事務的に聞き返す。

「明後日の午前中という連絡があった。宮殿には昼ごろに到着するだろう。空港はセキュリティチェックが厳しい。宮殿も勿論厳しくはあるが、ある意味なんとでもなる」

「…………」

確かに皇太子であれば、宮殿の警備の手を緩めるのも容易《たやす》かろう。納得しながら頷いた俺の前で、相変わらず青い顔をしたスウードが「ムルシド」と家臣の名を呼んだ。

「はい」

ムルシドが心得顔でスウードに一歩近づき、懐から取り出した銃を示してみせる。

「射撃の腕は確かだと聞いた。これからムルシドが潜伏場所を指示する。距離にして七メートルほどだが、間違いなく命を奪えるか」

「はい」

我ながら素っ気ない返事だとは思ったが、俺にとっては七メートル先の的など、目を閉じてでも命中させる自信があった。俺の答えにスウードの顔が一段と青くなる。

「本当か」

「はい」

スウードが俺に確認を取ったのは、俺があまりに即答しすぎたため信憑性を疑ったというよりは、あたかも自分自身に対し『本当にいいのか』と問うているようだった。

「そうか」

頷くスウードの顔をムルシドが「いかがされました」と覗き込んでいる。

「…………」

踊らされているな——スウード皇太子の年齢は二十二歳、ナーヒドの一つ上だ。財務大臣ムルシドの情報までは仕入れていなかったが、見た目狡猾な男のようだ。

おそらくスウードはこのムルシドにそそのかされ、王暗殺を実行することになったのではないかと思われる。現イドリース王に不正がバレそうになっているために、皇太子をいかなる手を使ってか丸め込み、王を亡き者にしようとしているのだろう。

多分俺の読みはそう外れてないという自信はあったが、原因やら経過やらは俺にはまったく関係ないことだった。年若き皇太子が老練な財務大臣に騙され、父親を亡き者にしようとしているのがわかっていようがいまいが、俺がやることは一つ——依頼された暗殺を成し遂げることのみだ。

「いや、なんでもない」

気の毒な若き皇太子、スウードが、引き攣った笑みを浮かべ、ムルシドを見る。

「どうぞ」

そしてムルシドが恭しげに差し出した拳銃を見て頷くと、「渡してくれ」と彼に命じた。

「かしこまりました」

ムルシドが頭を下げたあと、俺へと歩み寄ってくると拳銃を手渡そうとする。サイレンサーが装着してある三十八口径の銃だった。基本的に道具は選ばないほうだが、一番使い慣れた口径の銃であることに、成功を確信する。

「明後日、王の帰国後謁見が大広間で行われる。大勢の人間でごった返している故、発砲後も逃げやすいだろう」

ムルシドが淡々とした口調で俺に説明を始める。彼とスウード、二人の態度の違いからもムルシドの方が黒幕だとわかるな、と思いながら俺は彼の話を聞いていた。

「謁見の時間は一時間。開始早々に実行してもらってかまわない。大広間は吹き抜けのホールになっているので、君には二階の回廊から狙ってもらいたい。警備の手をそこだけ薄くしておこう」

詳しい位置はまた説明すると言葉を足したムルシドに俺は「わかりました」とやはり短く答え、頷いてみせた。

「もうよろしいですよね」

ムルシドがスウードを振り返り確認を取る。

「……ああ」

ムルシドの問いかけにスウードは一段と顔を強張らせたが、結局は小さな声でそう言い首を縦に振った。

「それでは」

ムルシドが恭しげに頭を下げたあと、俺に席を立てと目で合図する。わかった、と頷いて立ち上がった瞬間、なぜかスウードと一瞬目が合ってしまった。

「…………」

「…………」

そのまま目を伏せて会釈をし、踵を返そうとした俺の背に、スウードのどこか悲愴な声が響く。

「そんな目で見るな」

「え？」

「殿下」

何を言われたのだと問い返した俺の声と、少し慌てたムルシドの声が重なった。

「あ、いや……」

今までムルシドはスウードの正体を悟らせないために敢えて呼びかけを避けていた。咄嗟《とっさ》に出てしまった『殿下』という呼称を悔いて口籠もったムルシドに、

「もうよい」

スウードは厳しくそう言い捨てると立ち上がり、つかつかと俺に近づいてきた。

「お前にはもう私が誰であるか、わかっておるのだろう？」

顔の回りに下がっていた布を後ろへとはねのけ、スウードが俺を睨み付ける。突然どうした

のだと訝《いぶか》りながらもここで『知らない』というのもわざとらしいかと俺はスウードの前で頭を下げた。

「スウード皇太子殿下でいらっしゃいます」

「お前はなぜ、息子が実の父親を殺すのだとでも言いたいのだろう？」

俺の答えを待っていたように、スウードのヒステリックな声が頭の上から振ってくる。

「いえ、そのようなことは」

正直、少しも考えていなかった——というよりは、興味すらなかったのだがと驚きに目を見開いている俺の態度を、スウードは演技だとでも思ったらしい。

「もうよいと申すに！」

怒りに燃えた目で俺を睨み付けたまま、吐き捨てるような口調で喋り始めた。

「お前に何がわかるというのだ。父に愛されたことのない息子の苦しみがわかるか？　愛情の薄さゆえに皇太子の座を追われる私の気持ちがわかるとでもいうのか！」

「殿下、お気を確かに……」

俺も驚いたがムルシドも相当驚いた様子で、スウードを黙らせようと慌てて駆け寄ってきたのだが、「黙れ」と彼に一喝され仕方なさげに足を止めた。

「正気であるに決まっておる。だからこそ私は父を暗殺しようとしているのだ。それをお前がわからないでどうする」

「いえ、ですから殿下、それは重々承知しておりますが……」

要は殺し屋ごときに内情をバラすなと言いたいのだろうが、皇太子相手に『黙れ』とは言えないらしく、ムルシドが言葉を探している間に、スウードはまた俺へと目線を戻すと更に激しい口調で言い捨て始めた。

「確かに私は凡才だ。頭脳も、運動能力も、芸術的才能も、確かに奴の上をいくものは私には何も備わっていない。国民の人望も奴のほうが集めている。だが私は兄だ。そして生粋《きっすい》のアラブ人だ。純然たる王位継承者だというのに、なぜに皇太子の座を追われなければならないのだ」

俺に摑みかからんばかりの勢いでそう訴えてくるスウードの言葉は俺を驚かせてはいたが、かといって俺に答えられるような内容ではなかった。

どうするかな、と一瞬のうちに考えを巡らせたあと、興奮している彼には冷静な対応が一番かと思い、俺は淡々とこう述べた。

「おそれながら、私はイドリース王の暗殺を命じられただけですので。依頼された理由などご説明いただかなくても結構です」

「……っ」

狙いどおり、俺の言葉にスウードは我に返ったらしかった。一瞬息を呑んだあと、はあ、と大きく息を吐き出し、よろよろと数歩下がってゆく。

「確かにそうであったな。お前はただ、父を殺してくれる人間に過ぎない」

「はい」

その通り、と頷いた俺の前で、スウード皇太子の顔が笑いに歪んだ。

「……もうよい。下がれ。今聞いたことは忘れてくれ」

そのままよろよろと椅子のところまで後ずさった彼は、どさりと音を立てて腰を下ろすと、両手にその歪んだ顔を埋めてしまった。

「……奴は誰にでも愛され、私は誰にも愛されない……それだけのことだ」

低くそう漏らし、自嘲するスウードの声は、酷く震えていて、実は笑っているのではなく泣いているのではないかと思われた。

「参るぞ」

肩を震わせているスウードを眺めていた俺に、ムルシドが声をかけてくる。

「はい」

ムルシドに続き部屋をあとにした俺は、ドアを出るときにふと気になり、ちらと室内を振り返ったのだが、スウードは相変わらず椅子の上で両手に顔を埋めたまま、肩を震わせ続けていた。

それから俺はムルシドにまた車に乗せられ、ナーヒドの私邸へと引き返した。車の中でムルシドはむすっとしたまま何も喋りかけてこなかったため、俺は一人、何も見えない真っ暗な車窓の外を眺めながら、スウードの言葉を思い起こしていた。

『……奴は誰にでも愛され、私は誰にも愛されない……それだけのことだ』

スウードの言う『奴』とは、ナーヒドのことだろう。天才であり、国民の人望を集め、そして王にも愛されているが、異国の血が混じっているというのは、王の子供のうち彼以外ありえない。

しかし俺の知る限り、皇太子交代などという具体的な話は出ていないはずなのだが、と首を傾げた俺は、暗い車窓に映る、傍らに座ったムルシドの横顔に、ああ、そういうことかと一人納得して頷いた。

事実の有無は知らないが、ムルシドがスウードにそれを信じさせたのだろう。確かに王がスウード皇太子よりもナーヒドの方を可愛がっているということは広く噂にもなっている。

ムルシドはその噂を利用したと思われるが、普通は直接本人に確かめそうなものであるのに、それができないというところに親子関係のひずみがあったのだろう。

そのひずみがあるからこそ、ムルシドにつけ込まれたのだろうが、などと偉そうなことを考えてはいたが、俺自身はその『親子関係』を一般論として考えているに過ぎないのだった。

俺には親の記憶がない。自分の親が誰なのかも、その上生きているのか死んでいるのか、それすらもわからない。

雑踏の中に置き去りにされていた俺を育ててくれたのは、組織の林だった。林も人道的な立場から俺を引き取ったというわけではなく、無条件で自分の命令に従い、自分の手足になる人間を育てたかったようである。

自分で言うことではないが、俺は林の期待によく応え、彼を満足させた。林の俺に対する寵愛が深いと組織の同僚からよくやっかまれたものだが、林が俺に抱いていたのは『寵愛』ではなく、出来の良い道具は愛用したがるというような気持ちで、実際彼との関係は『親子』に近くはあったが、親子のような心の交流はまるでなかった。

嘘か本当かはわからないが、林こそが俺の両親を殺したのだという噂があった。俺をやっかんだ相手がバラ撒いたものであるから、そう信用はできなかったが、もしもそれが事実だとしても俺は、林を憎む気にはなれなかった。

顔も覚えていない親を殺されたからといって、恨む気持ちは湧き起こってこない。動機はどうあれ、のたれ死んでいたかもしれない俺を育ててくれたことに恩義を感じてはいたが、たとえ両親を殺したのが本当に彼だったとしても憎悪は覚えなかった。

実際の親子関係を知らない俺に、スウードの気持ちなどわかるわけもないのだ、と肩を竦めた俺の脳裏にふと、ナーヒドの顔が蘇った。

母親の容態が悪いと知り、狼狽していた彼のあの白い顔――。

『親子』か、と思う俺の口から小さな溜め息が漏れる。

「どうした」

その溜め息の音はムルシドの耳にも響いたようで、そう問いかけられたのだが、「いいえ、なんでも」と答えながらも俺はそんな自身に動揺していた。

スウードに告げたとおり、クライアントがなぜ暗殺を依頼したかなどの事情に興味はない。そのはずなのに、一体俺は何をつらつらと考えてしまっていたというのだろう。

親が子を殺そうが、子が親を殺そうが、俺には関係ないことだ。ナーヒドが母親を案じ青ざめようがどうしようが知ったことではない。

本当に俺はどうしてしまったのか――夜の砂漠の寒々しさが俺をセンチメンタルな気持ちに陥らせているのだろうか。そんなあり得ない理由付けをしている自分に嫌気がさしている俺を乗せた車は、灯りひとつない砂地をひたすらナーヒドの私邸目指して走っていった。

7

ナーヒドの私邸ではまだ俺の歓迎パーティは続いていた。一時間ほど席を空けたわけだが、俺の不在は誰にも——唯一、シャフィーク以外には、気づかれていないようだった。

そのシャフィークにはムルシド自らが、俺を連れ出した説明を施していた。

「夜の砂漠が見たいというのでお連れした」

さも俺が頼んだかのように告げたムルシドに、シャフィークは大仰に申し訳ながってみせた。

「それでしたら私どもにお伝えくだされればよろしかったものを。ムルシド大臣のお手を煩《わずら》わせるとは大変失礼をいたしました」

「いや、彼はナーヒド殿下の大切な友人だそうじゃないか。私も歓待の意を表したかったんだよ」

ははは、とムルシドが笑い、俺の肩を叩く。

「ご満足いただけましたかな？　ユウ殿」

「はい、どうもありがとうございました」

話を合わせ微笑み返しはしたものの、堂に入った芝居に俺は密かに感心していた。さすが皇太子を謀《たばか》り、王を暗殺させようとしているだけのことはある——まあ、あくまでも俺の想像だが——不自然さを感じさせない態度に、シャフィークもまた彼の言葉を信じたようだった。

「ところで殿下は？」

ムルシドが逆にシャフィークに問いかける。

「まだお戻りではありません」

「どちらへ行かれたのかな？」

「お母上様のところだと伺っております」

「マリア様の。お客人を放り出して出向かれるとは、何か急用だったのかな」

「さあ……私は何も聞いておりませんもので」

シャフィークが申し訳なさそうな顔で頭を下げる。主には絶対服従、なおかつ主の諸事情は他人に決して漏らさない。さすがナーヒドをして『最も信頼できる家臣』の一人だと言わしめるだけのことはあるな、と俺はシャフィークにもまた感心していた。

「そうか、私は明日も早いのでそろそろ失礼するが、どうかよろしく伝えてくれ」

シャフィークからは何も聞き出せないとわかったのだろう、ムルシドは笑顔でそう言って彼の肩を叩き、続いて俺へと向き直ると恭しげに頭を下げて寄越した。

「それではユウ殿。どうか滞在を楽しんでくださいますように」

「ありがとうございます。大臣のお心遣いに感謝します」

俺もまた深く頭を下げ、立ち去るムルシドを見送った。

「夜の砂漠はいかがでございました？」

ムルシドの背が見えなくなった頃、シャフィークが笑顔で俺に問いかけてきた。

「何も見えませんでした」

今夜は星もそう出ておらず、車の外は真っ暗だった。下手に答えて突っ込まれては面倒だと俺は正直に見たままを答えたのだが、シャフィークの笑いのツボにはまったらしい。

「面白いことをおっしゃいます」

暫くの間彼は、くくく、と肩を震わせ笑っていたが、やがて「失礼しました」と紅潮した顔を上げ、俺に笑みを向けてきた。

「お疲れでございましょう。そろそろご退出されますか？」

「……そうですね」

疲れてはいなかったが、これ以上人目に姿を晒していたくはなかった。王暗殺の日時が決まったというのに、顔でも覚えられては仕事に差し障る可能性がある。

「それではこちらへ」

シャフィークが会釈をし、俺の前に立って歩き始める。あとに続きながら俺は、駄目もとで彼に使用人たちの退室を頼んでみることにした。銃を保持していることを気づかれるようなヘマはしないつもりだったが、六名もの男の目を気にするのは負担であったからだ。

「ナーヒド王子のお心遣いはわかるのですが、人がいるとよく眠ることができません。家臣の皆様にご退室いただくわけにはいかないでしょうか」

後ろからそう声をかけると、シャフィークは足を止め俺を振り返った。

「…………」

潤んだ黒い瞳がじっと俺を見つめている。瞳が潤んでいるために彼の眼差しはゆらゆらと揺れているようにも見え、こうもじっと見つめられるとなんともいえないおかしな気持ちにさせられる。

もともと俺にはその気はないはずなのだが――といっても別に、女のほうが好きということもなく、性的なことにまったくといっていいほど興味はないはずであるのに、その俺を妖しい気持ちに陥らせるこのシャフィークという男、なかなか興味深いなとひとごとのような感想を抱きながら俺も真っ直ぐに彼を見返し、暫く二人してじっと見つめ合う時間が流れた。

「そうおっしゃるのなら仕方がありませんね」

先に目を逸らせたのはシャフィークのほうだった。苦笑するように微笑み、再び踵を返す。

「殿下より、すべてあなた様のお気持ちのままにするようにという指示を受けております。寝所に召使いを置かないのが日本の慣習であるのなら、彼らをすぐ下がらせましょう」

「ありがとうございます。助かります」

意外なほどあっさりと申し出が通ったことに、俺は内心驚いていた。ベールが邪魔だとクレームをつけたときには彼は、『ナーヒド殿下からの贈り物ですから』と耳を傾けようともしなかったのに、この差はなんだとも思ったが、事前にナーヒドから指示があったというのなら、この忠義深い男の変わりようもわからない話ではない。

わからないのはナーヒドの『すべてを俺の気持ちのままに』という指示のほうだった。使用人を部屋に六名も配置したのは、俺の動きを見張らせるためだと思っていたが、まさか純然たる好意からだとでもいうのだろうか、という疑問を覚えた俺は、前を歩くシャフィークに「ところでナーヒド殿下は」と彼の所在を尋ねた。

先ほどムルシドに答えなかったように、俺にも明言は避けるかなという予測に反し、シャフィークは肩越しに俺を振り返り、すらすらと答えてくれた。

「先ほど病院を出たとのご連絡が入りましたので、間もなくお戻りになりましょう」

「……そうですか」

頷く俺の胸に、ナーヒドの母親の容態を尋ねたいという衝動が生まれる。今まで他人について気にしたことはないのに、一体どうしたことかと訝っている間に用意された客室へと到着した。

「それでは何かご用がありましたら、サイドテーブルのベルをお鳴らしください。部屋の外に召し使いが控えておりますので」

俺の指示どおり、使用人たちを全員部屋の外に出したあと、シャフィークはそう言い、恭しげに頭を下げて部屋を出ていった。

やれやれ、と俺はベールを脱ぐとピアスを外して、小ぶりではあるが柄の部分にこれでもかというほど貴石が埋め込まれたベルの横に置き、懐に隠し持っていた銃を枕の下に隠してから服を脱ぎ始めた。

寝間着は既にベッドの上に用意されていた。ストンと頭からかぶる形の長袖で裾の長いものだった。

時計を見ると既に午前零時を回る頃である。寝るか、と一旦ベッドに潜り込んだものの、目が冴えてしまって眠れず、水でも飲むかと起き上がると、バーカウンターの下に備え付けてある冷蔵庫からミネラルウォーターのペットボトルを取り出した。

それを手に窓辺へと向かい、閉められていたカーテンの合間からガラスの方へと身体を滑らせ、外の景色を眺める。

広大なこの建物のエントランスの前には沢山の車が停まっており、パーティはまだ佳境なのだなとわかったが、酔客の声などは少しも響いて来ず、ただただしんとした静寂に包まれていた。

宮殿といっても過言ではないこの建物の外には、広大な砂漠が拡がっている。何も見えない黒い空間を見つめながら俺は、ぼんやりと今回の仕事について考えていた。

取り乱したスウード――俺に向かい、『そんな目で見るな』と叫んだ彼の歪んだ顔が、俺の脳裏に蘇る。

　あのとき俺は無表情であったに違いないのに、スウードがあのように興奮したのは多分、実の父を殺そうとしていることへの罪悪感に押し潰されそうになっていたからだと思われた。

『実の父親に愛されない息子の気持ちがお前にわかるか』

　激情を吐露した彼の悲愴な声が、耳に残って消えていかない。

　実の父親を知らない俺にはわかるわけもないと言ってやったとしたら、スウードはどんなリアクションをとっただろう、などと馬鹿馬鹿しい考えが浮かんだのを振り落とそうと軽く頭を振ったとき、背後でドアが開いた音が聞こえてきた。

「……？」

　誰だ――？　カーテンの影で俺が身構えているうちにぱっと灯りが灯される。

「ユウ、いないのか？」

　部屋に現れたのは、ナーヒドだった。もう帰ってきたのかと俺は、カーテンをかきわけ、彼へと歩み寄っていった。

「どうしたの？　眠れないのかな？」

　突然現れた俺に、ナーヒドは少し驚いたように目を見張ったあと、にっこりと微笑み、俺に向かって両手を広げてみせた。来いということだろうと俺は彼へと歩み寄る。

「…………」

近づくまでもなく、ナーヒドは酷く疲れているように見えた。いつもは子供でもこうまで輝いてはいまいと思われる白目が少し充血し、眼窩《がんか》もやや落ち窪んでいる。母親の容態があまり芳《かんば》しくないのだろうか、と思う俺の胸はなぜかどきりと変に脈打ち、一体どうしたことかと己の身体の変化に狼狽したあまり俺は、頭に浮かんだそのままのことを彼に問いかけてしまっていた。

「ご容態はいかがでしたか」

「……っ」

ナーヒドがまたも驚いたように目を見開いたが、すぐに笑顔になると俺に礼を言った。

「お気遣いありがとう。今は落ち着いているようだ」

だから帰ってきたのだ、と言いながらナーヒドは目で寝台を示し「座ろう」と微笑みかけてくる。

先に彼が寝台に座ったその横に腰掛けると、ナーヒドはまたもにっこりと微笑んだあと視線を己の膝に置いた手へと落とし、ぽつぽつと話を始めた。

「年が明けてからこの方、あまり具合がよくなくてね。発作を起こすたびにこちらの寿命が縮まる思いがするよ」

心臓が弱いのだ、と、俺が病名を聞くより前にナーヒドはそう言葉を足し、どう相槌《あいづち》を打っていいのかわからず黙り込んでいた俺を見て、にこりと笑った。

「故郷に帰りたいというので、容態が落ち着いたらアメリカに連れて帰ろうかと思っている。母もこの地で随分苦労したからね。人生の最後くらいは自分の愛した故郷で過ごしたいのだろう」

「…………」

微笑んではいたが、ナーヒドの目は酷く潤んでいた。またも俺の胸がどきりと変に脈打つ。

本当にどうしたことかと思いながらも俺は、先ほどのナーヒドの言葉に覚えた疑問を頭の中で反芻《はんすう》していた。

イスラムの教えでは四人まで妻帯が許されるが、それは四人の妻に平等に愛情を注げる場合のみであるという。目に見える愛情とはすなわち、待遇となるのだろうが、イドリース王はイスラムの教えに従い、それは平等に三人の妻を愛しているという評判だった。

国民もまた、王妃をアメリカ人だからといって差別することはなく、それどころか有名なハリウッド女優が国に嫁いできた当初から熱烈に彼女を歓迎した。今でもマリアの、そして彼女の息子であるナーヒドの人気は絶大なものである。

それをあのスウード皇太子はやっかみ、父親を暗殺しようとしているというのに、そのマリアがこの地でいかなる『苦労』をしたというのだろう。

王からも国民からも愛され、慈しまれ、それこそ優遇されてきただろうに、という俺の考えを読んだのか、ナーヒドは俺の顔を覗き込むと、

「何か言いたいことがあるのかな？」

と問いかけてきた。

「……いえ、殿下のお母上様がこの地でお辛い思いをされていらしたということに、驚きを感じまして」

こうも馬鹿正直に答えなくてもいいものを、本当に俺は何を考えているんだと自分で自分に呆れてしまう。

だが潤んで煌めくナーヒドの瞳を目の当たりにしていると、適当なごまかしの言葉を口にするのが憚《はばか》られるのだ。そういった感覚こそがおかしいという自覚はあったが、身体や頭がその自覚についていかない。本当に今夜の俺はおかしいと、軽く頭を振った俺の頬に、ナーヒドの手が伸びてきた。

「そうだね。きっと、誰もが不思議に思うだろうね」

冷たい掌が俺の頬を包む。びく、と身体が震えてしまいそうになるのを堪えナーヒドの目を見返すと、ナーヒドは潤んだ瞳を細めて微笑み顔を寄せてきた。

「確かにこの国の者は皆、母には親切だ。母が出向くところ人垣が出来、母の微笑みには皆が熱狂した声を上げる……だがどれだけ手厚い扱いを受けようが、人気を博そうが、この国では母は未だに余所者《よそもの》なのだ」

「……余所者……」

国王の第三夫人が『余所者』なのか、と意外に思ったが故につい問い返してしまった俺に、ナーヒドは小さく頷いてみせたあと、ふっと視線を逸らせ、ぽつりと呟いた。

「そう、余所者だ。母も、そして僕も」

「……そんなことはないでしょう」

否定してしまってから、己の言葉にまるで根拠がないことに気づく。そもそも俺はなぜそんな相槌を打ってしまったのか——ナーヒドの辛そうな表情が見るに耐えなかったから、という理由が頭を掠《かす》め、そんな馬鹿な、と狼狽を新たにしていることなど知らぬナーヒドは、「いや」と首を横に振り、言葉を続けた。

「人種の違いは大きいということなんだろう。彼らが僕たちに向ける眼差しは、動物園で珍獣を見るときのものと同じだ。温かい目、温かい声をかけてはくれるが、僕たちと彼らの間には目に見えない柵がある。決して彼らは僕たちを自分たちの仲間とは認めてくれていないのさ」

「…………」

人の感じ方はそれぞれといおうか、外から見ただけでは内情などわからないといおうか、『人望の篤い第二王子』と評判のナーヒドの胸に、そのような思いが宿っていたとは驚きだった。

外から見るどころか、内側にいるスウード皇太子でさえ、ナーヒドの、そしてナーヒドの母の苦悩には気づいていないだろう。

「……くだらないおしゃべりをしてしまった」

　俺が黙り込んだのをナーヒドは、相槌の打ちようがなかったのだろうと判断したらしい。実際、それはある意味正解ではあったのだが、そうして俺を困らせたという思いから彼は、喋りすぎてしまったと自覚したようで、ふっと小さく微笑むと、額を俺にこつん、とぶつけたあとすっと身体を引いた。

「悪かった。今の話は忘れてくれ」

　また『忘れてくれ』だ——スウードもそんな言葉を言っていた、という思いからだろうか、ナーヒドが話を打ち切ろうとしているというのに、俺はまた彼を会話へと引き戻してしまっていた。

「殿下はたいそう国民の人望が篤いと伺っています。それにイドリース王にも最も信頼されていると」

「…………」

　立ち上がりかけたナーヒドが再び寝台に腰を下ろし、じっと俺を見つめてくる。今度は彼が相槌に困っているのだろうかと思いながらも俺は、自分の言動に戸惑いを覚えずにいられないでいた。

　俺は一体何がしたいのだろう。これではまるで、ナーヒドを慰めようとしているみたいじゃないか、と気づき愕然としていた俺の頬に再びナーヒドの手が伸びてきた。

「……王は僕を憐《あわ》れんでいるのさ」

「…………」

冷たさを予感していた彼の掌はやけに温かかった。俺の頭にふとなんの脈絡もないというのに、幼いあの日に俺の頬に触れた、父だか母だかわからない、記憶の奥底へと仕舞われた誰かの掌の感触が蘇る。

目の前のナーヒドの顔が泣き出しそうな表情を湛えている。思えば彼も二十一歳――俺よりも随分と若いのだ、などと俺は温かな掌の感触を頬に感じながら、そんな今更のことを考えていた。

「王は母と僕の孤独の理解者だ。もともと彼が母を見初め、この国に連れ帰ったのが原因だと察し、そのことに責任を感じているのだろう。僕らの孤独を癒そうと、父はそれは気を遣ってくれている。母が寂しさを感じないよう常に傍においたり、僕が引け目を感じないよう、外遊には常に同道させたりとね。だがそれは信頼とは違う。憐憫《れんびん》だ。愛情がないとは言わないが、憐れみは純粋な愛情ではないよ。父にとっても僕や母は未だに余所者なんだろう。父が最も信頼しているのは同族の長男、スウードで、僕ではない」

「…………」

同じ状況を当人同士がこうも違うように解釈しているとは――奇《く》しくも同じ日に双方から話を聞くことになった偶然に驚きを感じながら俺は、なんともいえない思いを胸にナーヒドの顔を見返していた。

スウードは父の愛は常にナーヒドにあったと言い、父親に愛されない息子の気持ちがわかるかと吐き捨てるように言っていた。

そしてナーヒドは、父が自分に注いでいるのは愛情ではなく憐憫だといい、真の意味で愛されているのはスウードだと言う。

どちらが本当のことを言っているのか——双方にとって己の言葉こそが真実なのだろうが、それにしてもなんとも悲劇的なことだと俺は、これから起こるべき事態を予測し柄にもなく溜め息をつきそうになった。

もしもスウードにナーヒドの言葉を伝えれば、彼は父親暗殺を思いとどまるのではないかと思う。父親に愛情を注がれていないと思い込んでいるが故に憎しみを覚えているのであろうから、それが自分の思い込みだと悟らせてやれば、憎しみはすぐにより深い愛情へと変じていくに違いない。

そうなれば彼は確実に王暗殺の依頼を取り下げるだろう。おそらく自分が財務大臣ムルシドにそそのかされたということにも気づき、彼の不正が暴かれる展開になる——ぼんやりとそんなことを考えていた俺は、ナーヒドの問いかけにはっと我に返った。

「ユウ、君の家族は？」

「家族は……」

一体今俺は何を考えていたというのだ——俺は単なる殺し屋で、組織の手先に過ぎない。命じられた殺人を遂行するのが任務で、そこに感情など挟む余地などないというのに、依頼人の事情をあれこれと思い計るとは、自分で自分が信じられない。

この国に来てから——否、この仕事を引き受けてからの俺は本当に変だった。特にナーヒドの美しい青い瞳を前にすると、俺が俺でなくなる気がする。

俺は俺だ——その思いが強かったからだろうか。本来であれば頭に叩き込んでいるはずの『優』のプロフィールを語るべきであったというのに、気づいたときには自分自身のことを語ってしまっていた。

「家族はいません」

「誰も?」

「ええ、父も母も。……多分死んだのだと思います」

「いつ?」

「わかりません。記憶もまるでありません。覚えているのはただ——」

本当に俺は何を語っているのかと思いながらそこまで喋ったとき、ナーヒドのもう片方の手が俺の頬を包んだ。

「ただ?」

俺を真っ直ぐに見つめながら、ナーヒドが言葉の先を促してくる。

「ただ……頬に感じた手の温もりだけです」

俺の言葉にナーヒドが息を呑んだのがわかった。ぴく、と彼の掌が俺の頬の上で一瞬震えたあと、微かに触れているくらいだったその両掌が俺の頬をしっかりと挟む。

「提案があるんだが」

ナーヒドがゆっくりとその綺麗な顔を近づけてきながら、俺に囁きかけてくる。

「なんでしょう」

「今夜だけは、休戦にしないか？」

唇に彼の吐息がかかり、焦点が合わないほどに近づけられた彼の青い瞳が、部屋の灯りを受けてきらきらと煌めいて見える、その輝きに目を奪われそうになる。

「意味が……わかりません」

答えた息がナーヒドの唇にぶつかり己の唇に跳ね返ってくる。それほどに近づけられていた彼の唇が俺の答えに微笑んだあとそっと俺の唇に重ねられたとき、俺の両手はナーヒドの背にしっかりと回っていた。

ナーヒドがゆっくりと俺を寝台へと押し倒してゆく。頬にあった彼の手が首筋を伝い、寝間着を脱がしてゆくのを、なぜか俺は妨げはしなかった。

くちづけを交わしながらナーヒドは器用に俺から寝間着を脱がしきり、下着も剝ぎ取ると、一人身体を起こして手早く服を脱ぎ捨てていった。

煌々とした灯りの下、逞しくも美しい彼の裸体をぼんやりと見上げながら俺は、自分が何を考えているのか少しも把握できずにいた。

「……ユウ……」

全裸になったナーヒドが再び俺へと覆い被さり、切なげに俺の名を呼びながら唇を重ねてくる。

「ん……っ」

痛いほどに舌をきつく絡める情熱的なキスをしかけてきながらも、ナーヒドの身体からは激しさよりもなんというか――寂しさとでもいえばいいのだろうか、何か満たされない想いが迸っているような気がした。

せわしなく彼の手が俺の裸の胸を這い、既に熱を孕んでいる彼の雄が俺の太股のあたりに押し当てられている。それでもやはり彼の身体に欲情よりは枯渇感が溢れているように感じてしまうのは、先ほど聞いたばかりの彼の話が俺の頭に残っているためなのかもしれなかった。

『王は僕を憐れんでいるのさ』

『愛情がないとは言わないが、憐れみは純粋な愛情ではないよ』

この国でずっと孤独を感じていたという彼の心の叫びが今、重ねた胸から一気に俺の胸へと流れ込んで来ているような錯覚が俺を襲う。

きりきりと胸が痛むのは、ナーヒドの苦悩の現れなのだろう。泣き出し、叫び出したいこの気持ちはきっと、ナーヒドの胸の内に溢れる想いであるに違いない。

「あっ……」

彼の唇が俺の唇を離れ、首筋から胸へと降りてゆく。胸の突起を舌先で転がし、きつく吸い上げ、時に軽く歯を立ててくる愛撫は今までどおり巧みなものだったけれど、やはり今夜の彼は今までの彼とは少し違う気がした。

痛む胸の外側の肌を、彼の唇が、舌が、指先が愛撫する。欲情の高まりと共に俺の胸の中の切ないとしかいいようのない気持ちは抑えがたいほどに増してゆき、いつしか俺の両手は俺の胸を舐《ねぶ》り続けるナーヒドの金髪をすき上げ、彼の頭を抱き締めてしまっていた。

「……ユウ」

気づいたナーヒドが顔を上げ、じっと俺を見つめてくる。

「…………」

ちょうど灯りを背にしているために、彼の青い瞳の中には、深遠たる闇が拡がっているように見えた。それがそのまま彼の孤独感の現れのような気がして、俺はまた彼の頭を抱く手に力を込める。

「……ユウ……」

ナーヒドが瞳を細めてにっこりと微笑み、身体をずり上げてくる。目の高さが一緒になったときには彼の両手は俺の両脚を抱えていた。

「挿れてもいいかな?」

言いながらナーヒドが俺の脚を更に高く上げさせる。

「……はい……」

既に彼の雄が勃ちきっている様が目に飛び込んできたのに、なんとなく安堵する思いを抱きながら俺は小さく頷き、目線を彼から寝台の天井へと移した。

「あっ……」

ずぶり、と逞しいナーヒドの雄がねじ込まれてくる感触に、俺の背は仰《の》け反《ぞ》り、唇からは抑えきれない吐息が漏れた。

かさの張った部分が内壁を勢いよく擦り上げてゆく。あっという間に奥まで侵入してくる彼の雄の質感に、俺の身体は早くも欲情に震え、内側から焼かれた肌が熱し始めた。

ぴたり、と互いの下肢が重なったと思った次の瞬間、激しい律動が始まった。抱えた俺の脚を己の方へと引き寄せながら、勢いよく腰をぶつけてくるナーヒドの動きに俺は、あっという間に絶頂へと押し上げられ、やかましいほどの嬌声を室内に響き渡らせていた。

「あっ……あぁっ……あっあっあっ」

パンパンと音が立つほどの激しい突き上げに、次第に意識が朦朧としてくる。媚薬を使われているわけでもないのに、こうも欲情に流されている自分を訝る余裕すら、そのときの俺からは失われてしまっていた。

「はぁっ……あっ……もうっ……もう、もう、もうっ……」

両手を振り回し、いやいやをするように首を横に振っていた俺の視界に唐突にナーヒドの顔が飛び込んでくる。天井を見上げる俺へと彼が覆い被さってくれたおかげなのだが、同時に更に奥深いところを抉《えぐ》られる体勢になったことで、我に返りかけた俺の意識はまた、快楽の淵へと飲み込まれていった。

「ユウ……」

愛しげに名を呼びながら、ナーヒドが俺を突き上げ続ける。

「あっ……もうっ……もうっ……いくっ……」

喘ぐ俺の目の前に、幸福そうな笑みを浮かべているナーヒドの顔がある。金髪から、肌から滴り落ちる汗が煌めいて落ちてくる様が、神々しいほどの美しさを感じさせる。そんな彼の全身からはもう、孤独や悲しみの影はすっかり失せているように感じた。

安堵と充足が入り交じる胸の温もりを、欲情の焔が焼いてゆく。自分の頭の中も胸の中もまるで他人のもののように、計り知れない想いを抱えていたが、籠もった欲情は発露を求め爆発寸前の限界を迎えていた。

「あぁっ……」

俺の片脚を離したナーヒドの手が、二人の腹の間で勃ちきっていた俺の雄を勢いよく扱き上げる。その刺激に俺は達し、白濁した液をこれでもかというほど飛ばしていた。

「……くっ……」

ほぼ同時にナーヒドも達したようで、俺の上で伸び上がるような姿勢になった。嚙みつきたくなるような白い喉の美しさにも見惚れてしまったが、彼が視線を俺へと落としてきた、その青い瞳にもまた見惚れ、息を切らせながらじっとナーヒドの、微笑みに細められる美しい瞳を見上げてしまった。

「ユウ……」

ナーヒドがゆっくりと覆い被さり、俺の身体を抱き締めてくる。

「あっ……」

未だ硬度を落とさぬ彼の雄が一段と深いところを抉ってきたのに、微かに声を漏らした俺の手はナーヒドの背をしっかりと抱き締めていた。

「……愛しい奴……」

くすりとナーヒドが微笑む声が、耳元で響いたと同時に、腰の律動が再開される。

「あっ……あぁっ……あっ……」

息も整わないうちからか、と驚く間もなく俺は再び快楽の波に飲み込まれていき、その夜もまたナーヒドの腕の中で意識を失ってしまうまで高く喘ぎ続けた。

8

　翌日、目覚めたときにはナーヒドの姿は既になかった。倦怠の残る身体を持て余しながら起き上がり、ぐるりと室内を見渡していたちょうどそのとき、遠慮深いノックの音が響き、ドアの間からシャフィークが顔を覗かせた。

「ご朝食の準備が整っておりますが、お運びしてもよろしいでしょうか。それとも先にご入浴されますか?」

「……あの、ナーヒド殿下は」

　朝食といいながらも、ふと枕元の時計を見ると既に十時を回っていた。こんな時間まで熟睡してしまうとは、と自分に呆れながらも俺は、シャフィークにナーヒドの所在を尋ねたのだが、その理由は自分でもよくわからなかった。

　警戒のためか、それとも——『それとも』の先が思いつかないことに微かな苛立ちを覚えていた俺の前で、シャフィークが恭しげに頭を下げて寄越す。

「殿下はお母上様のところです」

「え?」

まさか容態が急変したのだろうか、と思わず大きな声を上げた俺に、シャフィークは優雅に首を横に振って答えてくれた。

「ご様子を見にいらしただけで、容態は落ち着かれていらっしゃるようです」

「そうですか」

ほっと安堵の息を吐く自分に違和感を覚えていた俺に、シャフィークが再び同じ問いを発してくる。

「お食事にしますか。それとも先に、ご入浴されますか?」

「……そうですね」

空腹はそう覚えておらず、昨夜の行為の最中汗まみれになった身体は清めたかった。風呂、と言いたいが、昨日のように十人がかりで入浴させられるのは勘弁願いたかった。

枕の下に隠した銃も心配だし、できればこの部屋から出たくはない。風呂にでも入っているうちに召使いにベッドメイキングでもされたら事である。

さて、どうしたものかと考えている俺の頭の中を覗いたかのように、シャフィークは答えを口にしない俺に対し、遠慮深い口調で提案を続けた。

「もしもご入浴をお望みでしたら、昨日のような大きな浴槽での湯浴みでもよろしいですし、このお部屋にも手狭ではありますがバスルームがついておりますので、そこでお入りいただいても結構です。お部屋の際も、また、浴場にいらっしゃいますのにも、ご希望でしたら召使いの少年を何名でもつけさせていただきます」

「いえ、こちらの部屋のバスルームで結構です。一人で入りますので」

「それでは湯を張らせましょう」

「いえ、それも自分でやります」

「さようでございますか。それではご入浴がお済みの頃、ご朝食をお持ちします」

シャフィークはそう言うと深く頭を下げ、部屋を辞した。俺は部屋を見回し、浴室と思われるドアを開いたのだったが、そこはシャフィークの言うような『手狭』なものではなく、これに比べたらどんな一流ホテルのバスルームも質素に見えてしまうような、それは豪勢で広々としたものだった。

シャワーを浴びている間にベッドを整えられてもいいように、拳銃をタオルにくるんで浴室に持ち込む。予想通り浴室の外に数名の人間が出入りする気配を感じたが、どうも俺の着替えを用意し、簡単に部屋の掃除をしてくれた召使いだったようで、俺がシャワーから上がり、バスルームを出たときには室内から人の姿は消えていた。

その日は一日、部屋で過ごした。ナーヒドは結局私邸には戻らなかったようで、一度も顔を見せなかった。

食事のたびにシャフィークは俺が退屈しているのではないかと気を遣い、何か必要なものはないかとか、観光をするかなど、いろいろ提案してくれたが、俺は疲れたから休みたいと言い彼の親切な申し出をすべて退けた。

一人で過ごす一日は、俺に随分といろいろなことを考えさせた。最も考えなければならないのは、明日に迫ったイドリース王暗殺の手順なのだが、いかにしてこの私邸を抜け出し、謁見が行われる王の宮殿に乗り込むかと考えている最中、脳裏にさまざまな記憶が過《よ》ぎり、そのままぼんやりと考え込んでしまっては我に返る、という繰り返しだった。

頭に過ぎるのは、スウード皇太子の歪んだ顔だったり、ナーヒドの悲しげな青い瞳だったりした。時折俺を抱いていたときのナーヒドの、神々しいまでに輝いて見えた笑顔が浮かんだりして、そのたびに胸が変にどきりと脈打ち、どうしたことかと俺を慌てさせた。

夕食前に俺のところにムルシド大臣がやってきた。シャフィークには、ナーヒドが連れてきた外国人の身元が安全であるか明らかにしたいと言い面談を取り付けたらしい。

部屋に入ってくるとムルシドは俺に、「昨日は大変失礼した」と言葉をかけてきながら、目で盗聴器などはあるのかと問いかけてきた。

俺が探した限りではないと思う、と首を横に振ったのを見て安心した顔になり、

「これを」

と持参した包みを渡して寄越した。

「身軽に動けるよう、ごく普通のアラブ服を用意した」

「ありがとうございます」

確かに俺が今着ている――着せられているといった表現が正しいが――アラブ服は、男物ではあるが装飾がこれでもかというほどについた人目を引くものだった。今日は部屋を出ていないし、ナーヒドも現れないのでベールはつけていないが、それでも充分派手である。

ムルシドが持ってきたのは、ナーヒドの使用人たちが着ているような、白のシンプルなアラブ服とカフィーヤだった。

「明日、午前六時にこの館の裏手に車をつける。それに乗って宮殿にきてくれ。王を狙う場所はここだ」

ムルシドは宮殿内の見取り図を取り出し、俺に狙撃場所を示した。

「謁見の時間は午後零時ちょうどだ。どうだ、この部屋からは抜けられそうか」

「それはこちらで考えましょう」

気にすべきはシャフィークの目であり他の使用人の目であり、そして誰よりナーヒドではあったが、なんとかなるだろうと俺はムルシドに向かい頷いた。

俺が姿を消せば、ナーヒドは王の警護に力を入れるだろうが、こちらにはムルシドが、そしてその背後にはスウードがついている。警備網の穴を作ることくらい容易いだろうという俺の読みはそのまま、ムルシドの読みでもあった。

「何かのときの用心に、これを」

彼がそう言い、差し出してきたのは携帯電話だった。

「緊急事態が起これば連絡する。変更ないかぎりは先ほど示した場所で、身を隠していてほしい」

「わかりました」

打ち合わせはものの五分で終了した。「頼んだぞ」と一言残し、退室していったムルシドを見送った後、俺は宮殿の図面を入念にチェックし、逃走経路を考えた。

ムルシドはおそらく、俺にイドリース王を射殺させたあと、逃走に手を貸してはくれようが、万一俺が捕まりそうになったときには間違いなく殺そうとするに違いなかった。

捕まるようなヘマはしないが、逃げ道は確実に抑えておくに限る。宮殿を出たあとは、俺を宮殿に送り届ける車で空港まで乗り付けるかと、明日の朝その車のキーを手に入れる算段まで考えるという綿密な計画を立てた。

夜になってもナーヒドは私邸には戻らず、俺は一人で夕食を取ると、入浴し就寝することにした。

もしもナーヒドが昨夜のように部屋を訪れてきたら、明日朝六時にこの部屋を抜け出すのは困難になると身構えていたが、夜半を過ぎても俺の部屋のドアをノックする者は誰もいなかった。

拍子抜けしたような気分が俺の胸に芽生える。

あたかも『がっかり』しているような自分自身に気づきはしたが、理由を考えることは敢えてしなかった。

何も考えることはない。明日で全ては終わるのだ。

明日、イドリース王を暗殺し、宮殿を抜け出し空港へと向かう。出国方法は組織か、またはムルシドに頼ることとなろう。見事任務を遂行すれば、莫大なボーナスと長期休暇がもらえるだろう。

金と休暇を手に入れたあとは、カリブ海にでも出かけよう。すべてをリセットしてまた新たな任務に乗り出すのはいつものことだ。

今回、リセットすべき項目が多すぎるのが問題なだけで、と余計なことまで考えそうになる思考にストップをかけ、俺は眠ろうと目を閉じた。

もしもスウードが王の本心を知れば、実の父を手にかけたことを一生悔やむのだろう――ふと頭に浮かぶ考えに俺は、こういう思考こそリセットすべきなのだと溜め息をつき寝返りを打つ。

クライアントの事情など知ったことではない。親子の情など知るものか。奴は組織に金を払い、組織が俺に暗殺を命じた。そうシンプルに考えられないでどうする、と俺は自らを叱咤し、上掛けを頭からかぶった。

また今夜、あの夢を見るかもしれない、という考えが一瞬俺の頭を過ぎっては消えてゆく。

雑踏の中、幼い俺が姿を追い求めていたのは父だったのか、母だったのか、それともその両方か——今まで考えたこともなかったことへと思いを馳せている自分に敢えて気づかぬふりをしつつ俺は、もう何も考えまいと上掛けの中で頭を振る。

早く自分を取り戻したい。私情など持ち得なかった頃の自分を取り戻さない限り、この仕事を続けていくのは困難だろう。組織の中のポジションを上げることだけを考え、ゆくゆくは林の後釜を狙う。そんな野心に満ちた自分を取り戻すためにも、まずはイドリース王暗殺を成功させることだと自らに言い聞かせる俺の脳裏にちらと、ナーヒドの青い瞳が過ぎった。

あの青い瞳の王子もまた、父の死にうちひしがれることだろう。

それがどうした、と俺はまたもセンチメンタルに陥りそうになる自分の心を叱咤し、ともかく眠ろうときつく目を閉じたのだったが、そんなときに限って少しも睡魔は訪れてくれず、空が白々と明るくなるまで悶々と眠れぬ時を過ごすことになった。


翌朝の目覚めは最悪だったが、仕事に差し障るほどではなかった。眠れなかったおかげで夢も見なかったと思いながら手早くシャワーを浴び、ムルシドが用意した白いアラブ服を身につけ、拳銃を胸に部屋を出た。

外に使用人の少年が控えているかと思ったが、早朝だからか誰の姿もなかった。こうも都合よく事が運ぶのは逆に気味が悪いと思わないでもなかったが、用心すればいいだけのことだと思考を切り替え、人目を避けながら建物の裏口へと急いだ。

待機していた車に乗り込むと、中には運転手が一人いるだけだった。バックミラーで俺の顔を確認したあと、すぐに車は発進したが、この運転手が話しかけてくることはなかった。

それから砂漠の中のハイウエイを走ること一時間、車は王の宮殿の裏門に到着した。既に話は通っているようで、門番のチェックもなく俺は建物内に入ることができ、前日にムルシドから指示された、警備の手が薄いとされる大ホールを見下ろす回廊へと急いだ。

それからはもう、持久戦だった。午前九時を過ぎる頃には宮殿内はざわついてきて、謁見を求める国民がぞろぞろとホール内へと導かれてきたが、まだ王が現れる気配はなかった。

やがて十一時を回る頃、ムルシドの姿がホール内に現れた。他の大臣と思しきアラブ人たちと談笑している。一瞬、ちら、と俺が身を隠している回廊の柱を見上げたが、多分俺の姿は確認できなかったと思われる。

大臣たちは舞台のように一段高くなっているところに控えていた。おそらくその中央に鎮座する大仰な装飾の椅子が、王の座る位置だと思われる。

椅子は一つではなく、少し下がったところにあと三つ置いてあった。誰が座るのかと思っていると、三十分ほどして姿を見せたスウード皇太子が王の椅子のすぐ後ろに腰をかけた。

スウードが現れたとき、ホール内は拍手が溢れ、彼もそれなりに国民の人気を博しているのではと思ったのだが、それから五分ほどしてナーヒドが姿を見せたときに、割れんばかりの拍手と歓声が湧き起こったのに、これではスウードが拗《す》ねるのもわかるな、と俺は密かに彼に同情した。

ナーヒドの人気はそれは凄まじいものだった。彼が笑顔で集まった人々に手を振ると、歓声と拍手は一段と高まり、まさに熱狂的とも言うべき彼の人気を示していた。

台座の上のスウードの顔は酷く強張っていたが、ナーヒドが笑顔で挨拶をするのに笑顔を返すという体面を繕《つくろ》うくらいの気持ちの余裕はあるようだった。

ナーヒドはこの人気を『珍獣を愛でるようなものだ』と評していた。実際のところはわからないが、俺にはこの場に集まった人々が、金髪碧眼を珍しがっているだけにはどうも見えなかった。

わかるのはスウードが追い詰められているということだ、と思いながら俺は、引き攣《つ》った顔のままじっと座り続けている彼を見るとはなしに見つめていた。

「……っ」

と、そのときナーヒドが不意に顔を上げ、俺が身を隠している柱のあたりを見た。まさか気づかれたのか、と緊張を新たにしたが、彼の視線はそのまますっと逸れていき、偶然か、と安堵の息を漏らす。

そうこうしている間に、ホール内にざわめきが増し、大きな音を立てて扉が開いた。

「イドリース王！」

「イドリース王、万歳！」

集まった人々の間から、大きな歓声が上がる。ようやく王のお出ましか、と思っていた俺の眼下で、警護の者に囲まれイドリース王が姿を現した。

やっと本人を見ることがかなった、と、資料写真と少しも違《たが》わぬこの国の王の姿を前に、心の中で溜め息をつく。

移動中に狙うことも考えたが、やはり動いている的より止まっている的の方が撃ちやすい。謁見の途中を狙おうと俺は一旦構えかけた銃を下ろし、行列ともいうべき王の移動を見守った。

「国民諸君。月一度の謁見によくぞ参ってくれた」

台座に上ると早々に、王はホール内に集まった人々に挨拶を始めた。そろそろ撃つか、と銃を構えたものの、今ひとつ昂揚感が湧いて来ない。

いつも標的を目の前にしたとき、アドレナリンが全身を駆けめぐるほどの昂揚を覚えるというのに、今日に限ってはどうしたことか、と内心焦りながらも俺は、引き金を引こうと安全装置を外し、照準を王の額へと合わせた。アラブ服の中に防弾チョッキを着ているかもしれないと思ったからだ。

だが実際、引き金を引こうとしても、なかなか照準が定まらない。まったくどうしたことかと、いつにない不調ぶりに舌打ちしたい気持ちになっていた俺の見下ろす場所で、王はマイクを使い人々に話し続けていた。

「皆の話を聞く前に、私から皆に知らせることがある」

王の言葉に会場内がざわめき、台座の上でも、スウードや、ムルシドをはじめとする大臣たちが、何を言い出したのかと言うように顔を見合わせている。唯一ナーヒドだけが微笑み目を伏せていることが気になると、思わず彼に視線を向けてしまった俺の耳に、信じられないことを告げる王の声が響いた。

「急な話で皆もさぞ驚くことと思うが、このたび私は王位を退き、あとをスウードに託すことにした」

「なんですって?」

『さぞ驚く』という王の言葉どおり、会場内は大騒ぎとなった。一番驚いているのはスウードのようで、大声を上げて立ち上がり、呆然と王を——父親を見つめている。

「スウード、こちらへ」

イドリース王がスウードに向かって右手を伸ばす。スウードはその手に導かれるようにふらふらと王の許へと歩み寄り、前で膝を折った。

「スウード、私はもう歳だ。今後、この国のことはお前に託す。よろしく頼むぞ」

「し、しかし、しかし父上」

スウードはかなり動揺している様子だった。父を見上げる顔は傍目にもわかるほどにおどおどとしている。

「どうした、スウード」

イドリース王の問いかけに、動揺が激しかったからだろう、スウードは少しも取り繕うことなく、己の気持ちを口にしてしまったようだった。

「しかし、父上はナーヒドに王位を譲るおつもりではなかったのですか」

言葉にしたあと、しまった、というように目を見開いた彼の前で、イドリース王が破顔する。

「一体何を言っているのだ。この国の皇太子はお前ではないか。お前以外に王位を譲ろうなどと私は一度たりとて考えたことはないぞ」

「そんな……」

イドリース王が呆然としているスウードの腕を引き、立ち上がらせる。

「頼むぞ、スウード」

「父上……」

慈しみ深い笑みを浮かべ、両手を握りしめるイドリース王の手を、スウードもまた握りしめる。なんたる展開だ、と俺は『仕事』も忘れ、彼らの姿を見やってしまっていたのだが、皮肉にも俺に『仕事』を思い出させたのはスウードだった。

涙を流していた彼の顔に、はっとした表情が表れたかと思うと、いきなり父を――イドリース王を突き飛ばし、俺の潜んでいる場所へと向かって大声を上げたのだ。

「頼む！　撃たないでくれ!!」

「撃つ？」

「いかがされました、スウード様」

「イドリース王、大丈夫ですか」

よろけ、膝をついたイドリース王に、わらわらと家臣たちが駆け寄り、仁王立ちになって叫ぶスウードの周囲にも何名ものアラブ人が駆け寄ってくる。

そのうちに皆の視線が、俺が身を潜めている回廊へと集まり始めたのに、しまった、と俺は引き金を引くのを諦め、その場を立ち去ろうとした。

仕事を成し遂げる前に捕まるのはつまらない。そう思う俺の頬は実は自分でも理由のわからぬ笑みで緩んでいた。その笑みが引っ込んだのは、ばたばたと回廊を駆け回る人の足音に耳を澄まし、人手が薄そうなところへと足を踏み出そうとした俺の前に、突如として見知った顔が現れたせいだった。

「こちらだ」

「なっ」

なんと俺の目の前には、微笑むナーヒドの顔があった。一体いつの間にホールからここへと駆け上ってきたのだ、と唖然としている俺の腕を引き、ナーヒドが歩き始める。

「おい……っ」

「このままでは君は捕まる。誰も君に手を出すことができない場所へと行こう」

言いながらナーヒドが強引に俺の手を引いて歩き始める。すれ違う警護の者たちはナーヒドに向かい敬礼するだけで、俺を見咎《みとが》める者は誰もいなかった。

階段を下りている最中、ホールの台座の上での声が、スピーカーを通し俺の耳にも届いてきた。

「スウード王子、『撃つな』とは一体どういうことなのです」

この声はムルシド大臣だ、と俺は思わず聞き耳を立てたのだが、そのときナーヒドの歩調が、俺に話を聞かせようとでもするかのように、少し緩まった。

「それは……」

スウードの狼狽した声がする。どうもムルシドはすべての罪をスウードに押しつけようとしているらしい。ここで王暗殺の計画をイドリース王に告げれば、せっかくの王位継承話も白紙になるのではと眉を顰めた俺の耳に、豪快な王の笑い声が響いてきた。

「撃つだの撃たぬだの、茶番にしてももう少し気の利いたことを言うものだ、スウード」

「父上……」

イドリース王にそう言われては、ムルシドも「おそれながら」とは言い出せなかったようだ。

スウードの嗚咽《おえつ》を聞きながら俺はまた自分の頬が緩んでいるのを感じたが、それをナーヒドに見られたくはないと、きゅっと唇を噛んで無表情を装った。

「行こう」

　ナーヒドの笑いを含んだ声が傍らで響き、再び足早に階段を下り始める。すべてお見通しというわけか、と俺は心の中で肩を竦《すく》めたが、不思議と彼に対する怒りや憤りは胸に芽生えて来なかった。


　ナーヒドは俺を再び彼の私邸へと連れ帰った。あきらかに変装している俺の姿について彼は何一つ問いかけて来ず、そして拳銃を保持していることもわかっているだろうに、銃を取り上げようともしなかった。

　私邸へと戻ると彼は俺を、俺用に用意した客室へと連れていき、ソファに座るよう目で示した。

「何か飲むかい？」

　まるで何事もなかったかのように問いかけてくる彼に、俺は、いらない、と答えようかと思ったが、ふと悪戯《いたずら》心が芽生えた。

「ビールを」

「……………」

問いかけはしたが、暗殺の現場を押さえられた俺がまさか呑気に飲み物を――それも酒を注文するとは思わなかったらしい。ナーヒドが一瞬驚いた顔になる。が、すぐに彼は端整なその顔に笑みを浮かべると、「わかった」と頷き、王子自らバーカウンターまで歩いていき、内側の冷蔵庫からビールを二缶取り出して戻ってきた。

「僕はいつも缶から飲みたいというのだが、シャフィークがやかましくてね」

言いながらナーヒドは俺に一缶を手渡すと、自分でプルトップを上げ缶から一口飲んだ。

「確かに、王子のなさることではないでしょう」

俺もまた受け取った缶のプルトップを上げ、ビールを一口飲む。

「君までそんなことを言うのか」

不満そうに口をとがらせたナーヒドに俺は肩を竦めてみせたが、彼がどさりと俺の座るソファの横に腰掛けてきたのには、さすがに緊張を高まらせ横顔を見やった。

「ユウというのは本当の名だったね。霧生由《きりゅうゆう》。美しい名だ」

「…………」

俺の正体を抑えたと言いたいのだろうかと思いながら、俺は懐から銃を取り出し、ナーヒドに向かって構えようとした。

「ユウ、君に聞きたいことがあるんだ」

ナーヒドは銃をちらと見たものの、表情も変えず、まるで銃など目に入っていないかのように俺をじっと見つめ、問いかけてきた。

「どうしてそのピアスを外さなかった？」

「……ああ……」

ナーヒドの視線を追い、俺は両耳に下げたままになっていた、時価数千万と思われるサファイアのピアスに手をやった。

「君ほどの男なら、その中に発信機が隠されていたことに気づかないわけがない。気づいていてなお、それを外さなかった理由を教えてほしい」

ナーヒドが言うとおり、片方のサファイアと台座の間にごくごく小さなチップが隠されていたことに俺は最初から気づいていた。

高性能のもので、盗聴機能や、下手したら監視カメラとしての役割を果たしているかもしれない。それがわかっていながらピアスを外さず行動していた理由は――。

「こんな小細工をされようが、仕事は完遂してみせるという自信があったから」

「そうか」

俺の答えにナーヒドは微笑み、缶ビールを一口呷《あお》った。

多分――多分、彼は気づいていたのだと思う。俺がピアスを外さなかった本当の理由に。

「俺も聞きたいことがあった」

「なんだい？」

俺の言葉に、ナーヒドは目を細めて微笑むと、美しい青い瞳でじっと俺を見つめてきた。

「俺を泳がせていたのは、王暗殺のクライアントを特定したかったからだろう？　この国で誰が俺にコンタクトを取ってくるか、それを探ろうとして俺を傍に置いた……違うか？」

「まあ、半分は正解で半分は誤解だな」

間違いなかろうと思っていた推察を半分否定され、俺は思わず眉を顰め、ナーヒドの顔を見返してしまった。

「いやだな、何を疑っているんだい？」

「半分じゃなく、すべて正解だと思うが」

俺の言葉にナーヒドは声を上げて笑った。

「君は相当な負けず嫌いだな」

そうしてビールを一口飲んだナーヒドが、俺の肩を抱いてくる。俺の構えている拳銃を相変わらず無視し続ける彼の神経の太さを呆れながら、俺は、自分こそ負けず嫌いだろうとナーヒドを睨んだ。

「いつから俺が偽者の『優』だと気づいていた？」

「最初から」

「適当なことを言うな」

「適当じゃないし、嘘でもないよ」

またナーヒドが、はは、と声を上げて笑う。

「君は男娼というには、身のこなしに隙がなさ過ぎた。そして顔が綺麗すぎ、表情が気高すぎた」

「何を言っているんだか」

口から出任せもいい加減にしろ、と睨んだ俺にナーヒドは懲《こ》りもせずに、

「本当さ」

と肩を竦めてみせる。

「父に、別の男娼をあてがっただろう？　それでも信じてもらえないかな？」

「確かに」

そうだな、と頷いた俺の傍らで、ナーヒドがにやり、と意地悪な笑みを浮かべてみせる。

「勿論、君が僕の好みであったことも嘘じゃない。万一君が本物の男娼だったとしても、僕は父を誤魔化してこの腕に君を抱いたとは思うけれどね」

「そんな戯《ざ》れ言を聞きたいわけじゃない」

まったく、と呆れながらも、己の頬に血が上ってくるのがわかる。

「戯れ言じゃない。まったくの本心だよ」

ナーヒドはそう言うと、ごく自然な仕草で、俺の手から銃を取り上げ、テーブルの上へと置いた。

「どうせ空砲とすり替えておいたんだろう?」

彼が銃を恐れないのはそのためだろうと俺は踏んでいた。ムルシドにこの銃を手渡された日、彼は俺を、意識を飛ばすほどの激しさで求めている。

俺が気を失っている間に実弾を空砲にすり替える——造作ないことだったろうと問うた俺は、ナーヒドが「いや」と首を横に振ったのに思わず、

「え?」

と驚きの声を上げていた。

「実弾が入ってると?」

「ああ、すり替えようかとも思ったが、あの夜その気が失せたんだ」

「どうして」

俺がナーヒドであれば、間違いなくすり替えるだろう。いくら警備に万全を期したとはいえ、完璧ということはあり得ない。今回だって俺がもしも、王が口を開くより前に引き金を引いていれば、イドリース王の命はなかったのだ。

疑問に思って然るべしという問いかけに、ナーヒドは静かに首を横に振ると、それこそさも当然だと言わんばかりの口調で答えた。

「多分、君は撃たないと思った」

「馬鹿な」

何を言ってるんだ、と笑おうとした俺の頬に、ナーヒドの手が伸びてくる。

「君は撃たないと思った……いや、信じていた」

「…………」

ひんやりとした冷たい掌の感触が頬に触れたとき、俺の胸にはその冷たさに反比例する熱い想いが込み上げてきた。

「信じていた、というよりは、信じたかったというのが正しいかもしれない。僕は君を信じたかった。今の君ならきっと、僕の父を撃つのに躊躇《ためら》いを覚えるに違いないと、信じていたかったんだよ」

「……甘いな……甘い、というよりは馬鹿といおうか」

何が『信じたい』だ——そう思っているはずであるのに、俺の胸はますます熱いもので滾《たぎ》り、その熱は俺の目の奥まで熱し始めてしまっていた。

「ああ、馬鹿だ。ピアスを外さなかった君同様、僕は馬鹿な男なんだよ」

「一緒にされたくはないな」

ナーヒドのもう片方の手もまた俺の頬を包み、彼の端整な顔がゆっくりと近づいてくる。

「恋する男は、誰でも馬鹿になるものだ」

囁くナーヒドの唇から漏れる吐息が、俺の唇を擽《くすぐ》る。

「俺は馬鹿じゃないぞ」

悪態をつきながらも俺は心の中で、これまで何度となく己の馬鹿さ加減に呆れてきた日々を思い起こしていた。

ベッドへ行こう、というナーヒドの誘いを断らなかったのもまた、俺が『馬鹿』であるからに違いなかった。

あっという間に全裸に剝かれた身体に、同じく全裸になったナーヒドが覆い被さってくる。

「初めて君を見たときから恋に落ちたといっても過言じゃない。強烈な君の個性が、ことさらに君のプライドの高さが、僕の心を惹きつけて放さなかった」

くちづけの合間合間にナーヒドは、これでもかというほどに愛の言葉を繰り返す。

「屈辱に唇を嚙む君の顔は非常に魅力的だったが、できることなら笑顔の君をこの腕に抱きたいと思っていた」

「馬鹿……っ」

何を言っているんだ、と悪態をつく俺の唇を、ナーヒドの唇が塞ごうとする。

「言ったろう？　恋する男は馬鹿なんだよ」

「……あっ……」

彼の手がせわしなく俺の肌を滑り、唇が、舌が俺の唇から首筋を伝わり、胸の突起に、続いて下肢へと進んでゆく。

両脚を開かせたそこに顔を埋め、既に勃ちかけていた俺の雄を口に含まれたとき、俺の頭に王子に咥えてもらうなどアリなのだろうかという思いが一瞬芽生えた。

「んっ……んふっ……あっ……」

だが巧みな口淫にそんな考えはあっという間に霧散し、彼が執拗なほど丁寧に舌で、唇で、時に指でそこを攻めてくる愛撫に、一気に快楽の階段を駆け上らされてしまっていた。

固くした唇が竿を下り、熱い口内にすっぽりとすべて包まれたあとに、彼の舌が俺の鈴口を、くびれた部分を、そして裏筋を舐め下ろして勃ちきったそれを口の外に出す。繊細な指先が竿を扱き上げ、舌が先端に絡まっては、滲み出る先走りの液を音をたてて啜られる。睾丸をもみしだかれ、竿を扱き上げられながらの口淫に、それだけで俺は達してしまいそうになり、ついナーヒドの髪を摑んで彼に顔を上げさせた。

「……ん？」

どうした、というようにナーヒドが顔を上げ、俺を口に含んだまま目だけで微笑みかけてくる。美しい彼の顔と、その口から微かに覗く己の雄のグロテスクなさまのコントラストに、ますます俺の欲情は煽られ、今にも達しそうになった俺はたまらずまたナーヒドの金色の髪をぎゅっと握りしめた。

一人でいきたくない——そんな気持ちに陥ったことなど今まで一度もなかった故、自分の行動の動機も意図も俺自身まるでわかっていない。だがなぜかナーヒドには容易に伝わったらしく、わかったというように頷いたかと思うと俺を口から出し、身体を起こした。

「早くっ……」

両手で俺の両脚を抱え上げ、高く腰を上げさせる。彼の挿入を待ちわびひくついているそこを、既に勃ちきっていた雄で二度、三度となぞったあと、我ながら浅ましい声を上げた俺に誘われるようにぐっと腰を進めてきた。

「あぁっ……」

ずぶりと先端が挿入されたのに、俺の口から高い嬌声が漏れた。ずぶずぶと面白いほどの勢いで俺の中に彼の雄が埋め込まれてゆく。

今まで何度となく身体を重ねてきたとはいえ、そのすべてが互いの気持ちを隠しての行為だったように思う。

何より俺は彼の前では『優』であり、『由』ではなかった。今俺は俺として——『由』として、ナーヒドの腕に抱かれていた。

「あっ……はぁっ……あっあっあっ」

内臓を抉るほどの力強い突き上げに、二人の腹の間で俺の雄はびくびくと震え、先端から零れ落ちる先走りの液が互いの肌を濡らした。

汗で滑る両脚を何度も抱え上げ直しながら、ナーヒドが息を乱し、強く腰を打ち付けてくる。欲情に溺れる心には酷く熱い想いが溢れていたが、その想いもまた俺にとっては初めて抱くものだった。

俺にとってのセックスは、主に仕事の手段であり、互いの想いがこうして合わせた胸から胸へと伝わるような、そんな経験は今までしたことがなかった。

今、俺の熱い想いは確実にナーヒドの逞しい胸へと伝わり、ナーヒドの想いもまた俺の、汗にまみれた胸へと伝わってきている——それを俺は嫌というほど体感していた。

ナーヒドの想いも、彼の行為の激しさ同様、激情ともいえそうなものだった。行為に、彼の感情に翻弄されるのは俺にとっては酷く心地よく、我を忘れてその波に飛び込んでしまいたくなる。

「あぁっ……」

一段と深いところを抉られたのに俺は達し、触れられてもいないうちから射精してしまっていた。

「くっ……」

ナーヒドもほぼ同時に達したようで、ずしりとした彼の精液の重さが後ろに伝わってくる。

「……まだ、言ってなかった……」

息を乱しながら彼が、ゆっくりと覆い被さり、同じく息を乱していた俺に唇を寄せてきた。

「……なに……？」

「愛してる」

何を言っていなかったのかと思えばそんなことか、と悪態をつこうとした俺の唇を、ナーヒドの熱い唇が塞ぐ。

「ん……っ……」

唇の熱が全身へと広がり、合わせた胸の中にも拡がってゆく。

『そんなことか』と思ったはずのその言葉が――『愛している』という言葉が、じんわりと胸に拡がる頃には、俺の両手はナーヒドの背をしっかりと抱き締めていた。

9

翌日の早朝、俺はこっそりとナーヒドの私邸を抜け出し、一体何台あるのかわからない彼の車庫から一台車を奪って空港へと向かっていた。

行為のあとナーヒドは俺を抱き締め、既に組織に対し、俺を解放すべく金を払ったと言い出した。

「もう君は自由だ」

だから僕と共に生きてほしいとナーヒドはまるでプロポーズかと思われるような言葉を口にし、俺を抱き締める手に力を込めたのだったが、その背を抱き締め返しながらも俺は一人醒めていた。

ナーヒドの言葉に嘘はないだろう。組織が——林が俺にいくらの値段をつけたかは知らないが、おそらく莫大な金がナーヒドから組織に渡ったのは本当だと思う。

組織は金を受け取っただろうが、彼らがいったん組織の中にいた人間を自由にするわけがない——ほぼ生まれたときからその組織内にいる俺にはそれが、痛いほどにわかっていた。

ナーヒドは確かに優秀な男だ。俺の正体をあっという間に見抜き、逆に王暗殺のクライアントを探るべく俺を泳がせ、見事突き止めて未然に防いだ。

人を見る目といい、行動力といい、他の追随を許さないほどに優秀であるとはわかるのだが、基本的に彼は『善人』過ぎるのだ。甘い、と言ってもいい。

俺が彼なら、実の兄であろうが王暗殺を企てたという事実を水に流したりはしない。おそらくナーヒドは俺の身につけていたピアスに潜ませた発信機から——おそらく盗聴器の役割も果たしていたと思われる——スウードの気持ちを知り、イドリース王に彼の苦悩を伝えたのだろう。そうでなければあのタイミングで王が王位を彼に譲るはずがない。

間違いなくスウードの背後で糸を引いていたムルシドは処罰されるだろうが、いくら肉親相手とはいえ、あれほどに寛容になれるナーヒドに、組織の相手がつとまるわけがなかった。

金を受け取りはしたが、彼らは俺の命を奪うことに必死になるだろう。運がよければまた組織の一員として迎えられもしようが、組織外にいる限り俺は彼らに命を狙われ続ける運命なのだ。

林の傍にいたため、俺は組織を知りすぎている。存在すら世に明かされていない彼らにとって、その内部事情に詳しい者が外の世界にいること自体、脅威でしかないのだった。

それゆえ俺は、ナーヒドの前から姿を消すことにした。組織に戻る気はないので自力で身を隠すしかないが、これまで組織内で培ってきた生きるためのノウハウを駆使すれば、なんとか生き延びることができるのではないかと思う。

死んだらそのときだ、という思いのままに俺は傍らで眠っていたナーヒドの腕を抜け出し、一人空港を目指したのだった。

ナーヒドに迷惑をかけたくない――この思いもまた、俺にとっては未体験のものだった。誰に迷惑をかけようが、己の身の安全だけ保証されていればいい。それが今までの俺の信条といってもよかったというのに、今はナーヒドの身を守るために彼の前から姿を消そうとしている。最初は寂しいと思うだろう――ああ、この『寂しい』という感情も今まで抱いたことがなかったな、などとぼんやりと考えていた俺は、バックミラーに映る物凄い勢いで近づいてくるジープに気づき、「あ」と声を上げた。

ジープを運転しているのはナーヒドだった。白いカフィーヤが舞い上がり、金色の髪が覗いている。気づかれたか、と驚くと同時に、俺はアクセルを踏み込んだのだが、車の性能はナーヒドのもののほうがよっぽどよかったらしく、あっという間に追いつかれてしまったあとに、前に回った彼の車に進路を塞がれ、仕方なく俺はスピードを緩め路肩に車を止めた。

ナーヒドもまた車を止め、俺の車へと近づいてくる。彼の顔が怒りに燃えているさまに、そういえば彼が真剣に怒った顔を見たことがなかったな、と俺が考えている間に、ナーヒドが車のドアに手をかけ、外側に大きく開いて俺の腕を摑んだ。

「おい……っ」

車内は冷房をこれでもかというほどきかせていたので涼しかったが、外は灼熱の暑さだった。

砂漠の真ん中、立ち上る熱気が俺たちを包む。

「来るんだ」

俺の腕を引いたまま、ナーヒドがそれまで彼の乗っていたジープへと俺を導こうとするのに、

「ちょっと待て」

と俺は彼の手を振り払った。

「待てない」

ナーヒドが再び俺へと手を伸ばしてくる。その手を払いのけると俺は、

「いいか？」

ここは全てを説明しないと彼は引かないだろうと察し、口を開いた。

「お前は組織の恐ろしさを知らないんだ。俺がここにいると、お前だけじゃなくこの国にも迷惑が及ぶことになる。彼らは大がかりなテロの一つや二つ、起こすのはお手のものだという大きな力を持っている、危険な団体なんだよ」

ナーヒドも王子であるから、国に迷惑がかかることを説明すれば納得するだろうと思ったのに、あろうことか彼は、あっさりとこう言いだし俺を驚かせた。

「わかっている。だから僕も国を捨てる覚悟を決めてきた。これから一緒に空港に向かおうじゃないか」

「ちょっと待て」

いきなり何を言い出したのだ、と狼狽する俺の腕を、ナーヒドはしっかりと握ると、彼の胸へと俺を抱き寄せようとした。

「放せ」

「放さない。僕の話をきちんと聞いてくれるまでは」

きつく俺の背を抱き締めながら、ナーヒドが俺の顔を見下ろしてくる。

「君のいた組織がどれほどのものか、正確なところを僕も理解しているとはいえない、それは認めるよ」

「恐ろしい組織だということだけわかっていれば結構だ」

照りつける太陽の下、熱を孕んだ白いアラブ服の胸に抱き締められ、俺の身体も心も熱してくる、そんな錯覚が俺を襲う。

流されてはいけない、ここはきっぱりと彼を拒絶しなければという思いから、淡々と言い捨てた俺の言葉尻をとらえ、「だから」とナーヒドは俺の目をじっと見つめた。

「そんなに恐ろしい組織と、君を一人で戦わせるわけにはいかない。僕が共に戦うよ。一人より二人いたほうが、何につけ頼もしいじゃないか」

「そんな甘い世界じゃないんだ」

言い捨てた俺の背をますます強い力で抱き締め、ナーヒドが顔を近づけてくる。

「君と一緒にいたい。世界中を君と旅しようじゃないか。本当の意味で君が自由を取り戻せるよう、僕も君と共に戦いたいよ」

「……母親はどうするんだ」

切々と訴えてくるナーヒドの言葉に、つい頷いてしまいそうになる。駄目だ、と俺は首を横に振り、おそらく彼が捨てることのできないであろうものを——家族のことを口にした。

ナーヒドは一瞬目を見開いたが、やがてにっこりと微笑むと、唇を俺の額に押し当てるキスをした。

「君はやはり優しい男だ」

「何を言ってるんだ」

熱い唇の感触に、びく、と俺の身体が震える。

「君が僕の手を退けるのは、僕を思ってのことだということはもうわかってる。大丈夫、母には父がついている。共にアメリカで暮らしてくれるそうだ。それで王位をスウードに譲ることにしたのさ」

「…………」

そうだったのか、と思う俺の胸に、温かな想いが広がってゆく。

イドリース王は第三夫人であるマリアを、そしてその息子であるナーヒドを憐れんでいただけではない。真の意味で愛していたのだ。憐れみだけでは王位を息子に譲り、共に異国で暮らそうという気持ちにはならないに違いない。

「……よかったじゃないか」

思わず本心がぽろりと俺の唇から零れたのに、ナーヒドは「ああ」と頷き、再び俺の額に唇を押し当ててきた。

「……それを聞いただけで母は随分と元気になった。救われたよ。僕も、母も」

にこ、と青い瞳を細めて微笑むナーヒドの顔を見上げる俺の胸は、合わせた彼の胸の中同様、熱情ともいうべき想いが満ちてくる。

「愛している。君と二人なら、いかに不可能といわれようとも成し遂げられる気がするんだ」

「馬鹿な……」

それはない、と首を横に振りはしたが、実は俺の胸にもそんな、馬鹿げた想いが宿りつつあった。

この先彼と——この熱砂の国の王子と一緒なら、どれほど執拗に組織が追って来ようが逃げ延びられるような気がする、と。

「言っただろう？　恋する男は馬鹿なものだと」

合わせた胸から俺の想いが伝わったのか、ナーヒドはそう微笑むと、そっと唇を寄せてくる。

「ん……」

熱い砂の中、灼熱の太陽よりも熱いくちづけを交わす俺の胸には、そのくちづけよりも熱い想いが溢れていた。

あとがき

はじめまして&こんにちは。愁堂《しゅうどう》れなです。

この度は三冊目のラヴァーズ文庫となりました『熱砂《ねっさ》の王《おう》と冷《つめ》たい月《つき》』をお手にとってくださり、本当にどうもありがとうございました。

久々のアラブものになりました。ラヴァーズ文庫様では初アラブだそうで、いつも以上に緊張しています。

熱砂の国の王子様、鷹揚なようで実は抜け目ないナーヒドと、クールな殺し屋、霧生《きりゅう》の二人が繰り広げる恋と『仕事』の駆け引きを、いつもよりアダルト&スリリングな雰囲気を目指し、とても楽しみながら書かせていただきました。皆様にも少しでも楽しんでいただけたら、これほど嬉しいことはありません。

今回美麗なアラブの王子様のナーヒドを、凛々しくも美しい殺し屋霧生を、本当に素敵に描いてくださった高階佑《たかしなゆう》先生に、この場をお借りいたしまして心より御礼申し上げます。

カバーラフを担当様よりお送りいただいたとき、あまりの素敵さに思わず画面に（データでお送りいただいたので）数分間、うっとり見入ってしまっていました。

由《ゆう》の裸体の色っぽさに萌え、美しいナーヒドに萌えと、ご一緒させていただけて本当に嬉しかったです！　お忙しい中、素敵なイラストを本当にどうもありがとうございました。

また、今回も担当のT井様には、大変お世話になりました。レーベル初のアラブものを書かせていただけて嬉しかったです。次回の受はT井さんのツボにはまるよう、頑張ります。

最後になりましたが、何よりこの本をお手にとってくださいました皆様に、心より御礼申し上げます。由のようなクール（になっているといいのですが（汗））な受キャラは今まで書いたことがなかったのですが、今回、自分ではとても萌え萌えしながら書かせていただいていました。皆様にも気に入っていただけるといいなあと、お祈りしています。

お読みになられたご感想を、編集部宛にお送りいただけると嬉しいです。何卒よろしくお願い申し上げます。

次のラヴァーズ文庫は、来年初旬にご発行いただける予定です。攻に緋襦袢を着せたいと今から目論んでいるのですが、こちらもよろしかったらどうぞお手に取ってみてくださいませ。

また皆様にお目にかかれますことを、切にお祈りしています。

平成十九年二月吉日

愁堂れな

（公式サイト『シャインズ』http://www.r-shuhdoh.com/）

Lovers Label

熱砂の王と冷たい月

ラヴァーズ文庫をお買い上げいただきありがとうございます。
この作品を読んでのご意見・ご感想をお聞かせください。
あて先は下記の通りです。

〒102−0072
東京都千代田区飯田橋2-7-3
(株)竹書房　第五編集部
愁堂れな先生係
高階 佑先生係

2007年3月31日
初版第1刷発行

●著　者
愁堂れな
●イラスト
高階 佑

●発行者　牧村康正
●発行所　株式会社　竹書房
〒102−0072
東京都千代田区飯田橋2-7-3
電話　03(3264)1576(代表)
　　　03(3234)6245(編集部)
振替　00170-2-179210
●ホームページ
http://www.takeshobo.co.jp

●印刷所　図書印刷株式会社
●本文デザイン　Creative·Sano·Japan

ISBN 978-4-8124-3050-7　C 0193